나만 없어 고양이

무심한 위로가 필요한 당신에게

나만 없어 고양이

무심한 위로가 필요한 당신에게

글·그림 **아세움**(박교은)

굿모닝미디어

당신도 당신만의 고양이를 만나기를…

고양이에게서 나는 '자유'를 보았다.

세상의 흐름에 휩쓸리지 않고, 오롯이 자기만의 리듬으로 살아가는 존재. 고양이들이 그랬다.

그들이 살아가는 방식은 나와 달랐다.

조급하게 밀어붙이지 않고, 부드러운 자세로 행복의 단순함을 낚아채는 고양이들.

'어떻게 하면 더 유연하게, 더 자유롭게 살 수 있을까.'

나는 고양이에게서 인생을 배우기로 했다.

인생에서 가장 어두웠던 시절, 모든 것이 무너지고 삶의 방

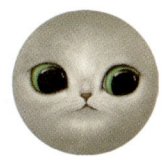

향마저 잃어버렸던 어느 날, 나는 우연처럼 고양이를 만났다.

처음엔 서로 경계했다. 고양이는 좀처럼 다가오지 않았고, 나도 쉽게 마음을 열지 못했다. 오랜 시간 고양이는 그저 그 자리에 잠잠히 있었다.

그러다 문득, 서로를 이해하고 사랑할 수 있는 '적당한 거리'를 알게 되었다.

너무 가까이하지 않아도, 멀지 않은 거리에서 우리는 함께할 수 있었다.

고양이는 내가 키우는 존재가 아니었다. 그저, 나와 함께 나날을 살아가는 동반자였다.

고양이는 한 번도 나에게 충고하지 않았다. 하지만, 나를 향한 그의 침묵이 내 삶을 되돌아보게 했다.

지나친 바람과 조급함, 인정받기 위해 애써 웃던 나, 싫은 사람이 다가오면 본능처럼 세우던 마음의 발톱, 확실한 호불호로 인해 날카로웠던 말투, 상처를 감추기 위해 썼던 가면들까지….

고양이는 마치 나의 모든 속내를 가만히 비추는 거울 같았다.

고양이의 본성을 들여다보며 알게 된 감정은 '연민'이었다. 날카로운 발톱도, 예민한 경계심도, 사실은 자신을 지키기 위

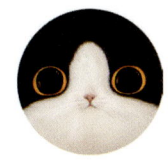

한 태도였다. 생존을 위한 몸부림, 안간힘이다.

고양이는 햇살 아래 평화롭게 눈을 감고, 때로는 슬그머니 내 곁에 와 조용히 앉곤 했다. 그 무심한 듯 따뜻한 존재는 내 안에 묻혀 있던 감정을 끌어올렸고, 무너져 있던 마음의 균형도 점차 되찾게 해주었다.

나는 깨달았다. 치유는 나를 고치겠다는 의지에서 출발하지 않는다는 것을. 치유는 한 생명과의 눈맞춤, 조용한 공존, 그냥 끌어안음에서 시작되는 것이었다.

그러자 고양이의 작은 몸짓 하나에도 귀 기울이게 되었고,

내 삶의 태도도 들여다보게 되었다. 오롯이 나 자신을 마주할
수 있었다.

고양이를 만나지 않았다면, 아마도 나는 세상과 등을 진 채
원망 안에 머물러 있었을지도 모른다.

하지만 고양이와 함께한 날들 속에서, 나는 절망 너머의 삶
을 다시 바라보게 되었다. 조금씩 나를 회복해 갔다. 인생을
멋지게 살아가는 법도 배우게 됐다.

이 책은 잃어버렸던 나의 꿈을 다시 찾아가는 여정에서, 삶
에 쫓겨 놓쳐버린 순간들과 잊고 지냈던 소중한 가치를 고양

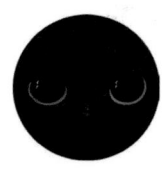

이와 함께하며 다시 마주한 이야기다.

　그 고요한 깨달음의 순간들을, 이제 당신과 함께 나누고
싶다.

　그리고 언젠가, 당신도 당신만의 고양이를 만나기를 바란
다. 그것이 진짜 고양이든, 삶 속 어딘가에 잠들어 있던 고요
한 존재든 간에.

　그 만남이, 당신을 '있는 그대로'의 당신에게 데려다주기를.

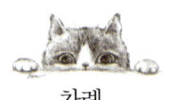

차례

3장 조용한 치유, 무심한 듯 깊은 위로

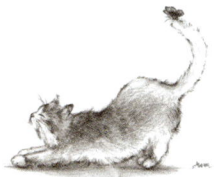

4장 생존의 품격, 날카로운 그러나 나른한 삶

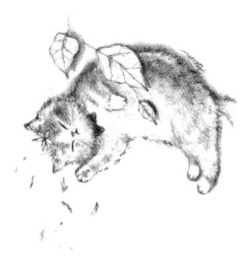

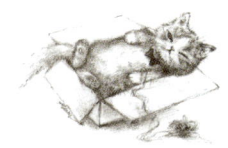

5장 마음의 여백, 거리 두기의 지혜

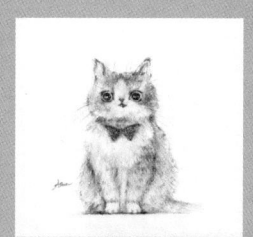

1장

고양이,
매혹하는
존재

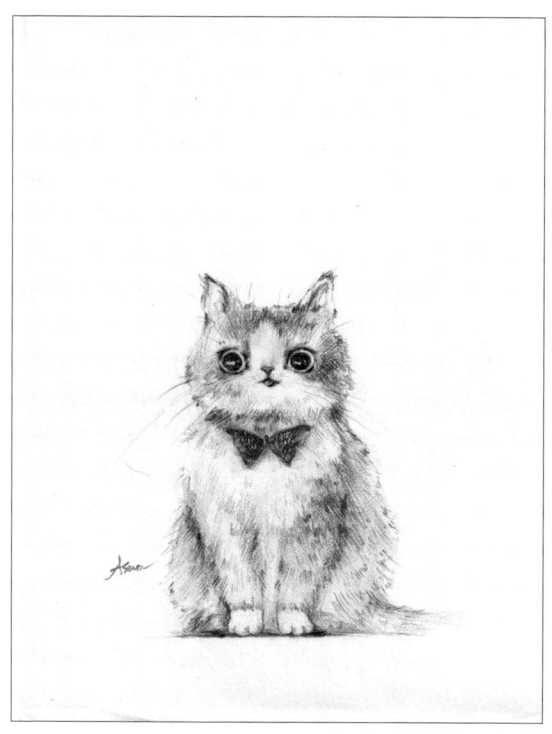

나만 없어 고양이1_Pencil on paper 2025

나만 없어 고양이

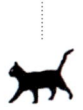

"꽁꽁 얼어붙은 한강 위로 고양이가 걸어 다닙니다."

위풍당당한 고양이 모습이 뉴스를 타고 화제가 된 적이 있다. 그 장면은 순식간에 꽁냥이 챌린지 열풍으로 번져나갔다.

고양이의 천연덕스러운 걸음걸이는 이렇게 말하는 것 같다.

"뭐 어때! 나는 나대로 살아가련다."

오늘도 인스타에는 고양이 관련 영상이 줄지어 올라오고, 그 아래 익숙한 댓글이 붙는다.

"나만 없어 고양이 ㅜㅜ"

"고양이가 지구를 구한다."

웃기지만, 동시에 무언가 간절하다.

"나만 없어, 고양이?"

처음 들었을 땐 유행어인 줄만 알았다. 하지만 그 안에는 묘한 그리움과 외로움이 숨어 있었다. 어쩌면 '나도 그런 존재 하나쯤 곁에 있었으면' 하는 바람일 것이다.

고양이는 이제 애완의 존재를 넘어 가족이자 함께 살아가는 동반자가 되었다.

스스로 고양이 '집사'라 칭하는 사람들은 고양이에게 세상의 모든 존엄을 허락한다. 어쩌면 우리가 고양이를 통해 새로운 방식의 사랑, 새로운 방식의 위로를 배워가고 있는 것은 아닐까.

나는 물건이나 예능, 사람이나 유행에도 쉽게 싫증 냈었다. 그 무엇에도 금세 관심이 시들시들했다. 하지만 이상하게도 고양이에겐 강력히 끌렸다.

무심한 듯 다정한 눈빛, 그 어떤 기척도 없이 내 곁을 스쳐 지나가는 느릿한 걸음, 도도하게 독립적으로 움직이지만, 이

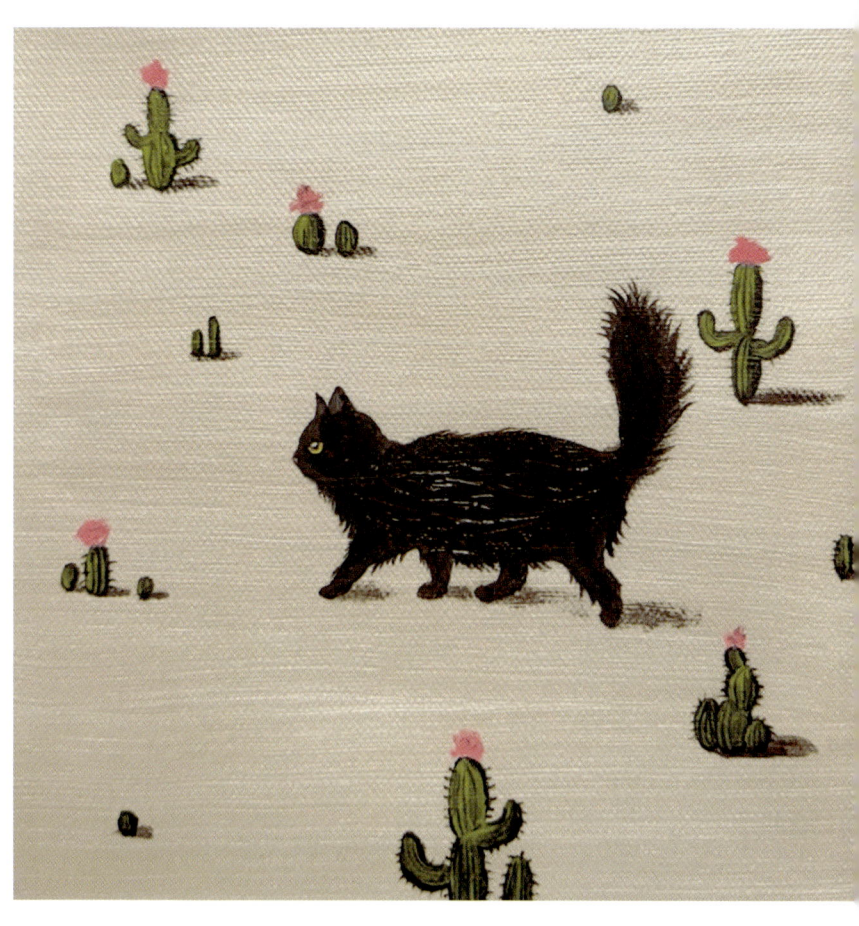

사막과 고양이5_30X30(cm) Acryic on canvas 2023

따금 품에 기대어 오는 그 애틋한 거리감, 가끔씩 피우는 엉뚱한 생떼마저 사랑스러웠고, 지친 마음을 녹여줬다.

고양이의 몸짓 하나하나는 설명할 수 없는 끌림으로 다가왔다. 오래 묵은 감정을 가만히 쓰다듬어 주었다.

조용한 위로가 더 깊게 와닿는 것처럼, 그저 곁에서 말보다 함께 있음으로 전하는 지지와 이해. 그 조용한 신뢰가 나에게 가장 필요했던 것이 아니었을까.

오늘도 누군가는 '나만 없어 고양이'를 외친다. 그 외침은 소유욕이 아닐 것이다. 어쩌면 자신도 몰랐던 어떤 결핍을 드러내는 작은 신호, 따뜻한 연결을 원하는 손짓일지 모른다.

그러니 더는 애쓰지 않아도 된다고, 지금 그대로 괜찮다고 말해줄 작은 위로를 고양이에게서 찾고 있는지도 모른다.

오늘도 고양이는 내 곁에서, 때로는 약간의 거리에서 침묵으로 응시한다. 헤진 마음의 틈을 슬며시 온기로 채운다. 잃어버렸던 촉촉한 감정들이 고양이로 인해 다시 피어난다.

고양이는 오늘도 그렇게 내 곁에 머물러 있다.

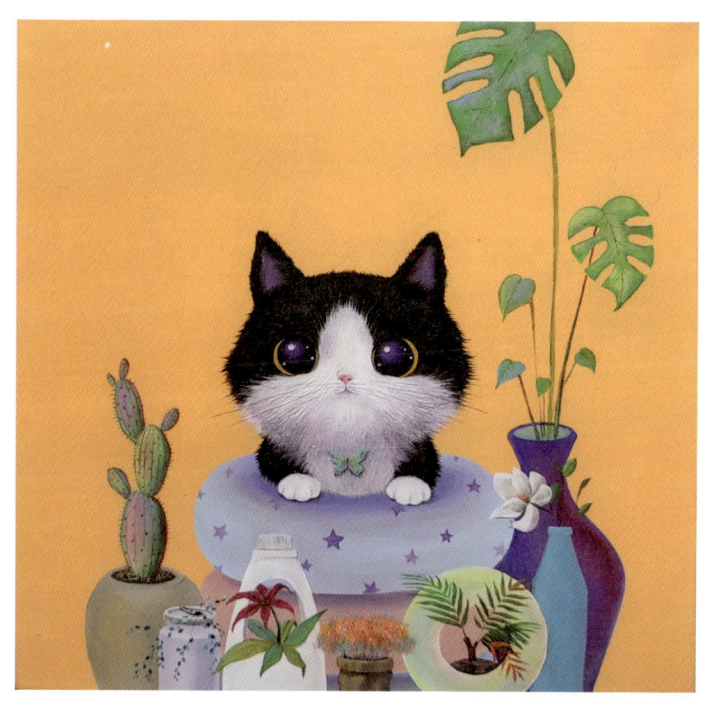

화분과 고양이5_53X53(cm) Acryic on canvas 2023

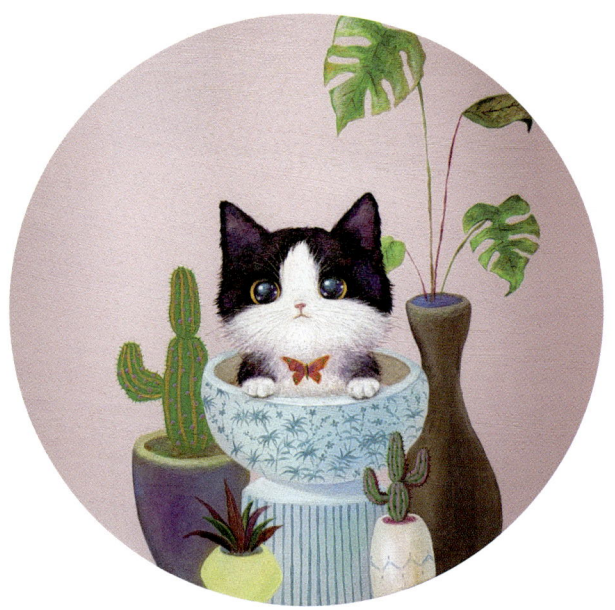

화분과 고양이3_40X40(cm) Acryic on canvas 2023

인간을 사로잡은 고양이

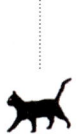

인간은 언제부터 고양이에게 매혹되었을까?

우리는 왜 고양이를 위해 집을 짓고, 밥을 주고, 이름을 부르고, 사진을 찍고, 심지어 SNS 계정을 만들어 고양이 '집사'를 자처하게 된 걸까?

고양이가 인간과 함께 살기 시작한 시기는 신석기 시대로 거슬러 올라간다.

인간이 농경 생활을 시작하고 곡물을 저장하자 쥐들이 모여들었고, 고양이들은 쥐를 사냥하기 위해 인간의 거주지 근처로 다가왔다.

고양이는 인간의 식량을 보호하는 역할을 했고, 인간은 고양이를 이로운 존재로 받아들이게 되면서, 그렇게 서로에게 유익한 상호 이익의 관계가 서서히 자리 잡았다.

고대 이집트에서는 고양이를 신성한 존재로 여겼으며, 고양이 여신 바스테트(Bastet)는 가정, 출산, 여성의 수호신으로 숭배받았다. 이집트에서 고양이를 죽이는 행위는 범죄였고, 사망한 고양이를 위해 장례를 치르기도 했다.

중세 유럽에서 고양이는 마녀, 악마를 상징하는 동물로 여겨졌다. 이로 인해 고양이 수가 급격히 줄고, 쥐가 급증하면서 흑사병이 더 퍼졌다는 역사적 주장도 있다.

조선의 화가 김홍도는 고양이를 익살맞게, 그러나 정감 어린 눈으로 그려냈다. 중국에선 고양이가 집안의 평안을 지키는 존재로 여겨졌다. 일본의 마네키네코 고양이는 지금도 상점에서 행운을 부르고 있다.

시대도 다르고 문화도 달랐지만, 매력적인 푸른 눈, 또렷한 귀, 균형 잡힌 얼굴, 세련된 라인의 다리, 유연함을 가진 고양이는 어디서든 신비로운 행동과 심미적 매력으로 우리를 매

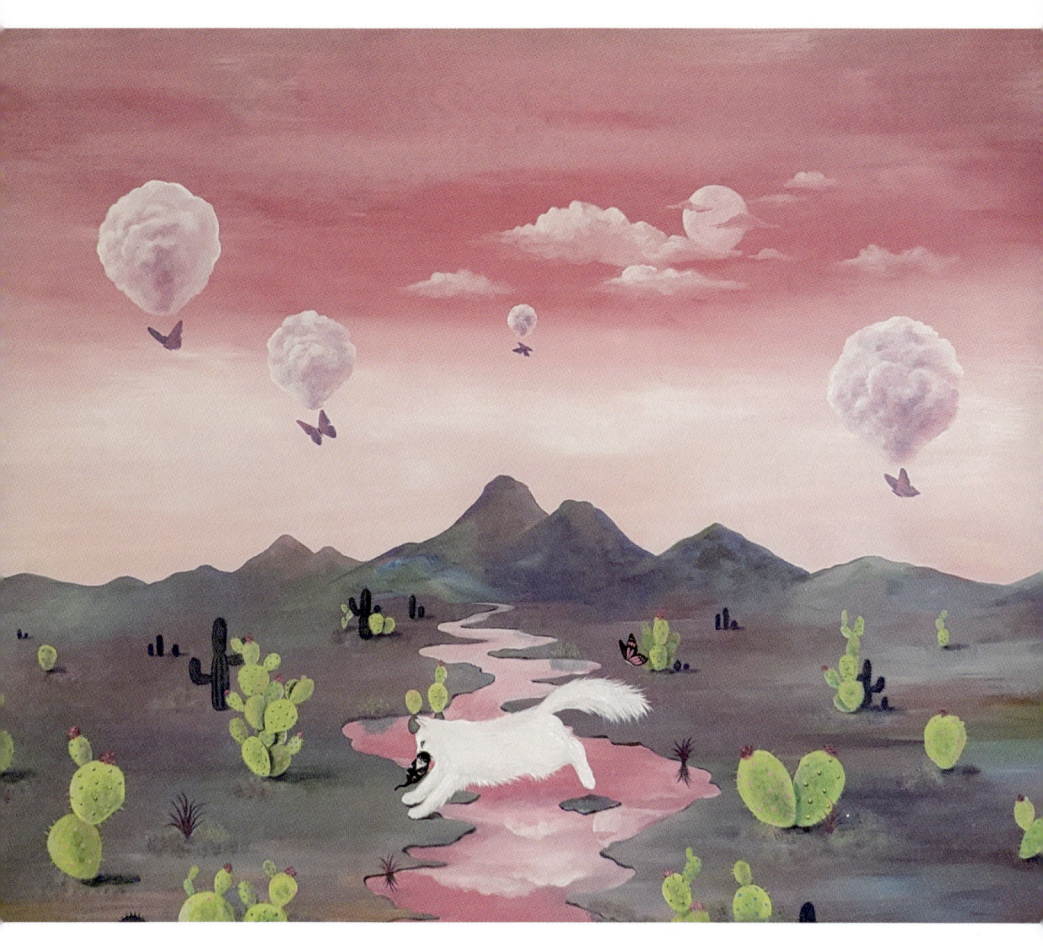

생존력1_117X91(cm) Acryic on canvas 2023

혹한다. 사람들은 저마다의 방식으로 고양이에게 마음을 내준다.

누구도 고양이에게 매혹되는 이유를 딱히 설명할 수는 없었다. 고양이는 자신을 설명하려 들지 않기 때문이다.

고양이는 인간처럼 분주하지 않고, 자연처럼 침묵하듯 존재한다. 그러다 가끔 우리 곁에 머물고, 어느 날엔 조용히 등을 돌리고 사라진다.

그런데 이상하게도 그 자유로운 뒷모습에 오래도록 마음이 붙잡힌다.

고양이는 한 번도 인간의 소유였던 적이 없다. 고양이를 쓰다듬는 행위는 옥시토신(사랑 호르몬) 분비를 촉진해 심리적 위로를 제공하지만, 고양이는 결코 붙잡을 수 없는 존재다.

붙잡을 수 없는 그의 자유로움이 나의 내면에 잠들어 있던 깊은 갈망을 건드리고, 결핍을 사랑으로 채우도록 이끈다. 그래서 더 매혹적이다.

예술가 무릎 위의 고양이

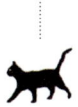

예술가는 종종 외롭다. 세상을 바라보는 감각이 예민하기에 말보다 침묵 속에서 더 많은 것을 느끼는 사람들.

그래서 그들 곁에는 말을 걸어주는 존재보다 가끔은 멀어지다가, 다시 천천히 다가와 주는 존재가 있었다.

작업실의 한 편, 햇살이 드는 창가, 혹은 붓이 멈춘 무릎 위 따뜻한 자리에서, 말없이 눈을 깜빡이는 고양이 한 마리.

고양이를 사랑한 예술가들은 많다. 단지 귀엽기 때문만은 아니었을 것이다. 귀여움을 넘어, 그들은 고양이에게서 삶의 어떤 본질을 보았던 걸까.

헤밍웨이는 많은 고양이와 함께 호흡하며 글을 썼고, 그들과 함께한 조용한 동거는 작품 속 고독한 시선과 닮았다.

반 고흐는 고양이를 그리기보다 주로 편지에 표현했지만, 그가 묘사한 황금빛 들판과 푸른 하늘엔 고양이 눈 같은 고요함과 고독이 흘렀다.

고양이는 말없이 예술가들의 곁에 머물렀지만, 중심이 서 있는 시선. 유려한 등 선, 신묘한 몸짓, 알 수 없는 눈빛에는 고독과 자유, 독립성과 조용한 반항 같은 예술가의 감정이 비친다.

그래서 예술가들은 고양이를 통해 자기 자신을 비추었을지도 모른다.

에곤 실레와 구스타프 클림트, 감정을 격렬히 쏟아내던 그들의 화실에도 늘 조용히 몸을 말고 잠이 든 고양이가 있었다. 거친 붓질 후 흐르는 정적 속에서 그들은 고양이로부터 안정감을 얻고, 감정의 균형을 잡았는지도 모른다.

장 콕토는 고양이를 '눈으로 말하는 시인'이라 했고, 자화상에는 고양이의 눈을 그려 넣었다. 그는 고양이처럼 세상을 홈

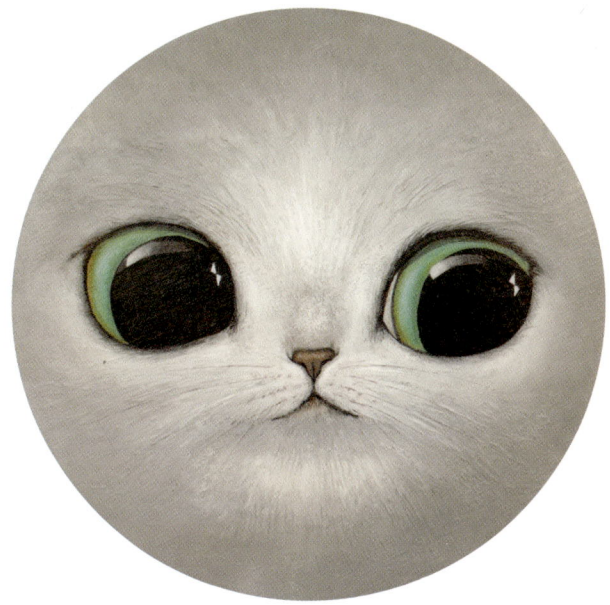

페르소나3_30X30(cm) Acryic on canvas 2025

쳐보며, 그 안에서 또 다른 자아를 발견했다.

클로드 모네는 햇살을 받으며 등을 말고 잠든 고양이를 바라보다 그 빛의 잔잔한 리듬을 화폭에 옮겼다. 고양이 등 위를 타고 흐르던 고요한 시간이 그의 눈에 스며들어 연못 위의 수련이 되었고, 그의 붓끝에 빛으로 내려앉았다.

피카소에게 고양이는 생존을 위한 충동과 본능, 욕망과 날것 그 자체였다.

병상에 있던 마티스는 고양이를 옆에 두고 그림을 그렸다. 그는 고양이를 존재만으로 완성된 아름다움, 말이 필요 없는 '가장 조용한 예술'이라 불렀다.

고양이. 누구의 시선도 의식하지 않는 완벽한 자유로움, 전지적 눈빛 하나로 세상을 읽는 존재. 들뜬 애정을 드러내기보다 그저 가만히 곁에 있어 주는 위로. 그런 면들이 예술가들에게 공감을 일으켰던 것일까?

나의 그림 작업실 한 편에서 나보다 더 예술가 같은 눈빛으로 나를 지켜보는 고양이. 나는 하루에도 몇 번씩 그에게 배워간다.

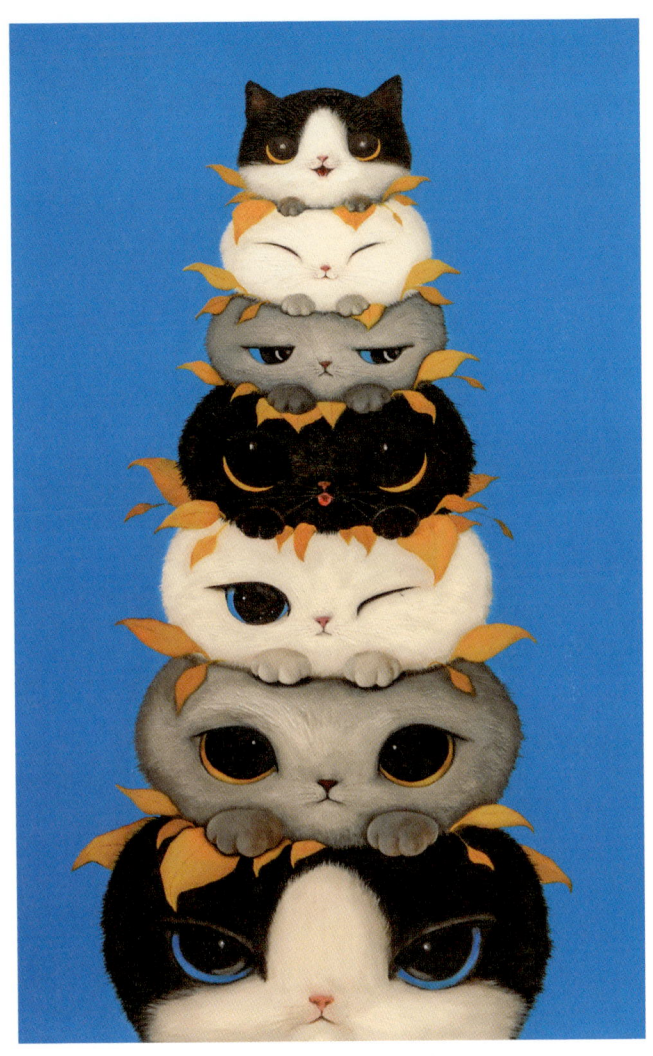

마트료시카1_72.7X116.8(cm) Acryic_2025

고양이는 오늘도 신묘한 표정으로, 그러나 정확히 중심을 꿰뚫는 시선으로 예술가의 시간 위에 앉아 있다.

팬덤을 부르는 생명체

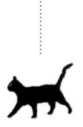

    도시의 구석진 골목, 바쁜 걸음들 사이로 조용히 생명을 돌보는 손길이 있다. '캣맘'이다.

    '캣맘'에 '엄마'라는 말이 붙어 있지만, 그들이 하는 일은 고양이에게 먹이를 주는 것 이상의 깊은 마음을 담고 있다.

    햇살이 스미는 골목 어귀에 낡은 종이상자 하나. 누군가는 쓰레기라 여길지도 모를 그 상자는 작은 생명을 위한 집이다. 누군가의 퇴근길 가방엔 늘 사료 봉지가 들어 있고, 얼어붙은 겨울밤엔 따뜻한 핫팩 하나가 고양이 곁에 놓인다.

    그런 손길이 세상에 사랑의 온도를 높이고 있다.

때로는 불만과 오해, 따가운 시선 속에서도 캣맘들은 손을 놓지 않는다.

길고양이들의 외로운 울음에 귀 기울이는 손길은 생명에 대한 존중이며, 따뜻한 공존의 시선이다. 도시의 회색 틈바구니에서 함께 살아갈 방법을 찾아가는 고요한 실천이다.

그런 따뜻한 마음들이 하나둘 모여 온라인으로 더욱 번져 나간다. 누군가는 도움을 요청하고, 누군가는 응답한다. 서툴지만 진심 어린 연결들이 이어진다.

고양이는 그렇게 우리의 마음을 움직인다. 스타처럼 열광하게 하고, 연인처럼 그리워지게 한다.

조용한 골목 어딘가에 놓인 사료 한 줌, 작은 보금자리가 사실은 우리 모두 더 다정한 세상에서 살고 싶다는, 하나의 고요한 팬레터가 아닐까.

당신이 지나친 길모퉁이 어딘가에도, 누군가의 사랑이 조용히 놓여 있을지 모른다.

고양이를 향한 팬심은 그렇게 도시의 한구석에서 오늘도 조용히 자라나고 있다.

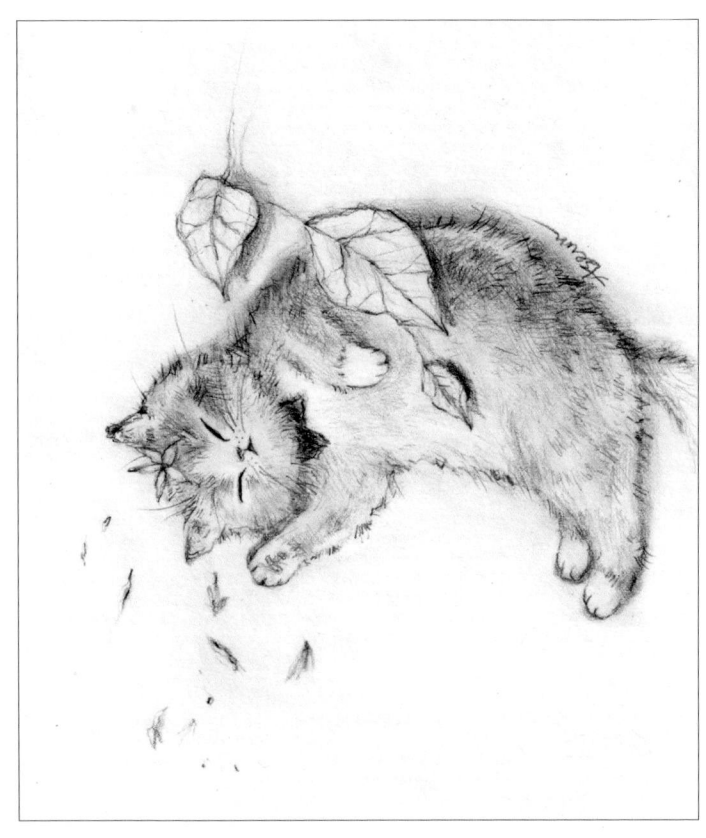

나만 없어 고양이2_Pencil on paper 2025

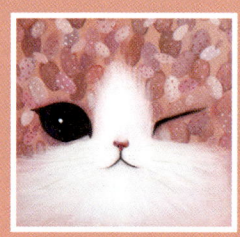

2장

묘한 매력,
존재마저
빛나는 끌림

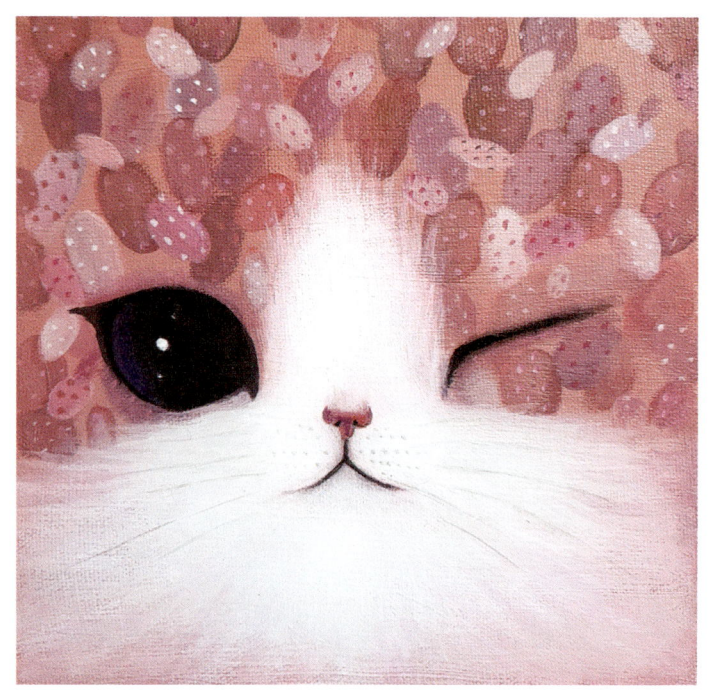

선인장 고양이9_18X18(cm) Acryic on canvas 2024

나를 먼저 사랑하기

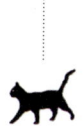

살다 보면 우리는 수없이 비교당하고, 비교의 소용돌이 속에 자신을 던져 넣기도 한다. 재력, 학력, 명성 같은 외적 기준들이 삶의 가치를 판단하는 잣대처럼 작용하고, 그 앞에서 위축되기도 한다.

반대로 괜스레 우쭐하기도 한다. 모두가 다 한다는 이유로 학교, 직장, 결혼마저도 자신의 호흡이 아닌 남들의 흐름에 휩쓸려 결정해버리기도 한다. 사회로부터 지속적 가스라이팅을 당하기라도 한 듯 말이다.

나의 취향이 무엇이었는지 아득해지기도 하고, 지금 짓고 있는 표정이 원했던 표정인지 헷갈릴 때도 있다.

그러다 보면 마음은 점점 곪아가고, 어느새 나를 아끼는 법조차 잊어버리게 된다.

고양이는 사랑을 애원하지 않는다. 관심을 갈구하지도 않는다. 그런데도 고양이 집사들은 오히려 고양이의 눈길을 얻기 위해 애쓴다. 왜 그럴까. 사랑을 구걸하지 않는 존재에게 왜 그렇게 사랑을 퍼붓는 걸까?

고양이는 자신을 어떤 대상과 비교하지 않는다. 언제나 자신의 감정을 가장 먼저 살핀다.

배가 고프면 밥을 찾고, 피곤하면 조용한 데를 골라 스르르 잠든다.

억지로 애정을 베풀거나 원치 않는 희생을 하지도 않는다. 기분이 내키지 않으면 등을 돌리고, 내킬 때는 아무렇지도 않게 다가온다.

몽상가3_60X60(cm) Acryic on canvas 2023 ⋯▸

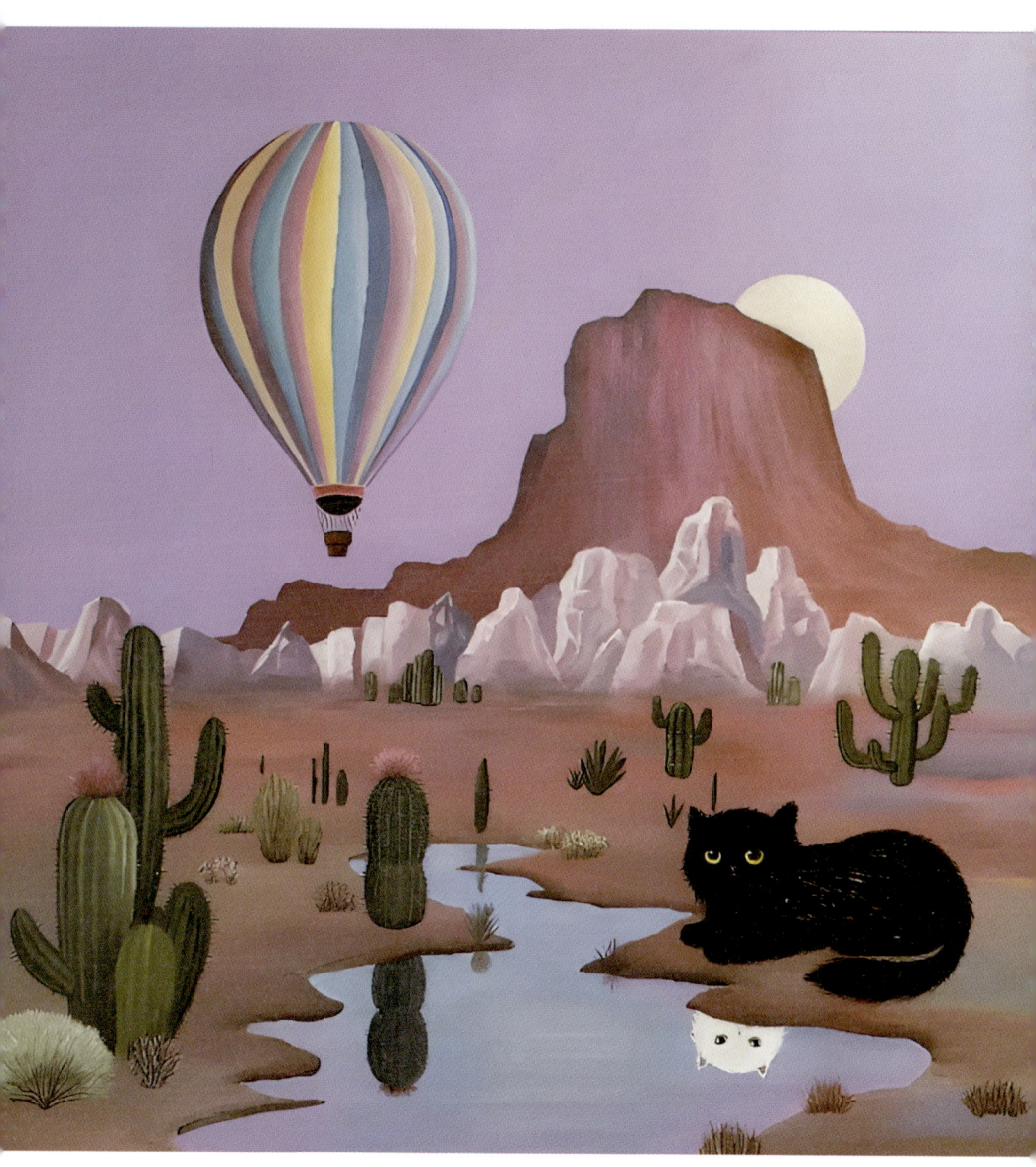

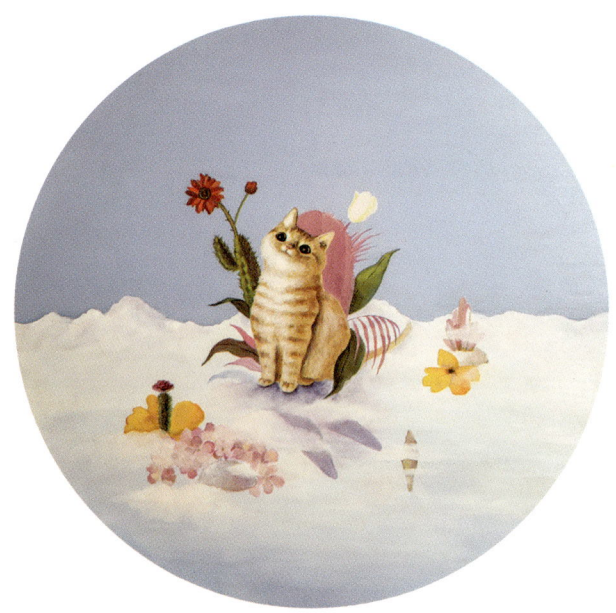

공중묘7_90X90(cm) Acryic on canvas 2024

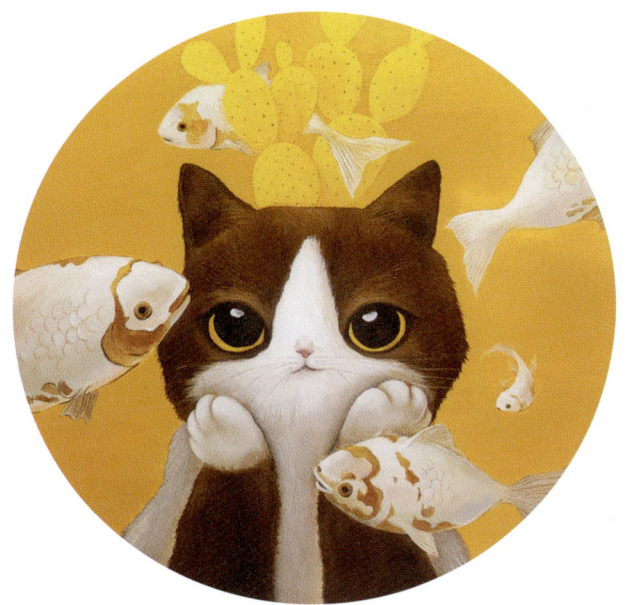

몽상가9_50X50(cm) Acryic on canvas 2024

경계를 분명히 하는데도 어쩐지 늘 매력적이다.

고양이의 그런 태도는 마치 자존감을 지킬 줄 안다는 듯하다.

고양이는 먼저 자신을 아끼고, 감정을 조절할 줄 알기에 애써 꾸미지 않아도 품위가 흐른다.

자기 자신을 사랑할 줄 아는 것, 어쩌면 고양이의 매력은 거기서 시작되는 것인지도 모른다.

고양이 집사들이 고양이를 아끼는 것은 학벌(품종)이 뛰어나서도 아니고, 얼굴이 너무 예뻐서 왕실의 공주처럼 받들기 위한 것도 아니다.

냥냥펀치가 무서워서 고개를 숙이는 것도 아니다. 그저 고양이가 '있는 그대로'의 자신을 지키며 살아가는 당당한 태도에, 자신감 넘치는 매력에 끌리는 것이다.

그러니 마음을 감추며 아닌 척하면서 살아갈 필요도 없고, 남이 하는 것을 내가 꼭 해야 할 이유도 없다.

가끔 잠시 멈춰서서 자신에게 한 번씩 물어봐 주는 건 어떨까?

'있는 그대로'의 나를 인정하고 불완전한 나를 껴안는 용기를 내보자. "나 괜찮아!"가 아닌 "나 괜찮아?" 하고 말이다.

나의 갈망과 결핍, 균열이 보내는 작은 신호에 귀를 기울여보자. 나를 가장 먼저 챙기고, 나의 기분을 조심스럽게 다독여 주자.

그렇게 나를 존중하는 순간, 일상은 한결 편안해지고, 마음에는 여유라는 햇살이 포근히 스며들 것이다.

우아한 아우라

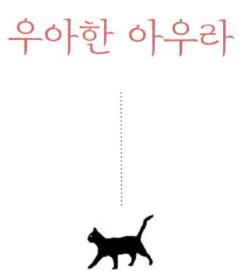

미술관에서 있었던 일이다. 천천히 거닐다가 어느 작품 앞에서 한참을 들여다보며 몰입하고 있었다. 사진을 찍고, 감상도 하느라 옆 사람의 존재를 미처 인식하지 못한 채 말이다.

그 순간, 한 아주머니가 다짜고짜 큰 소리로 화를 냈다. "왜 자꾸 앞을 가려요? 일부러 따라다니는 거예요, 뭐예요?"

사막과 고양이1_60X60(cm) Acryic on canvas 2023 ⋯

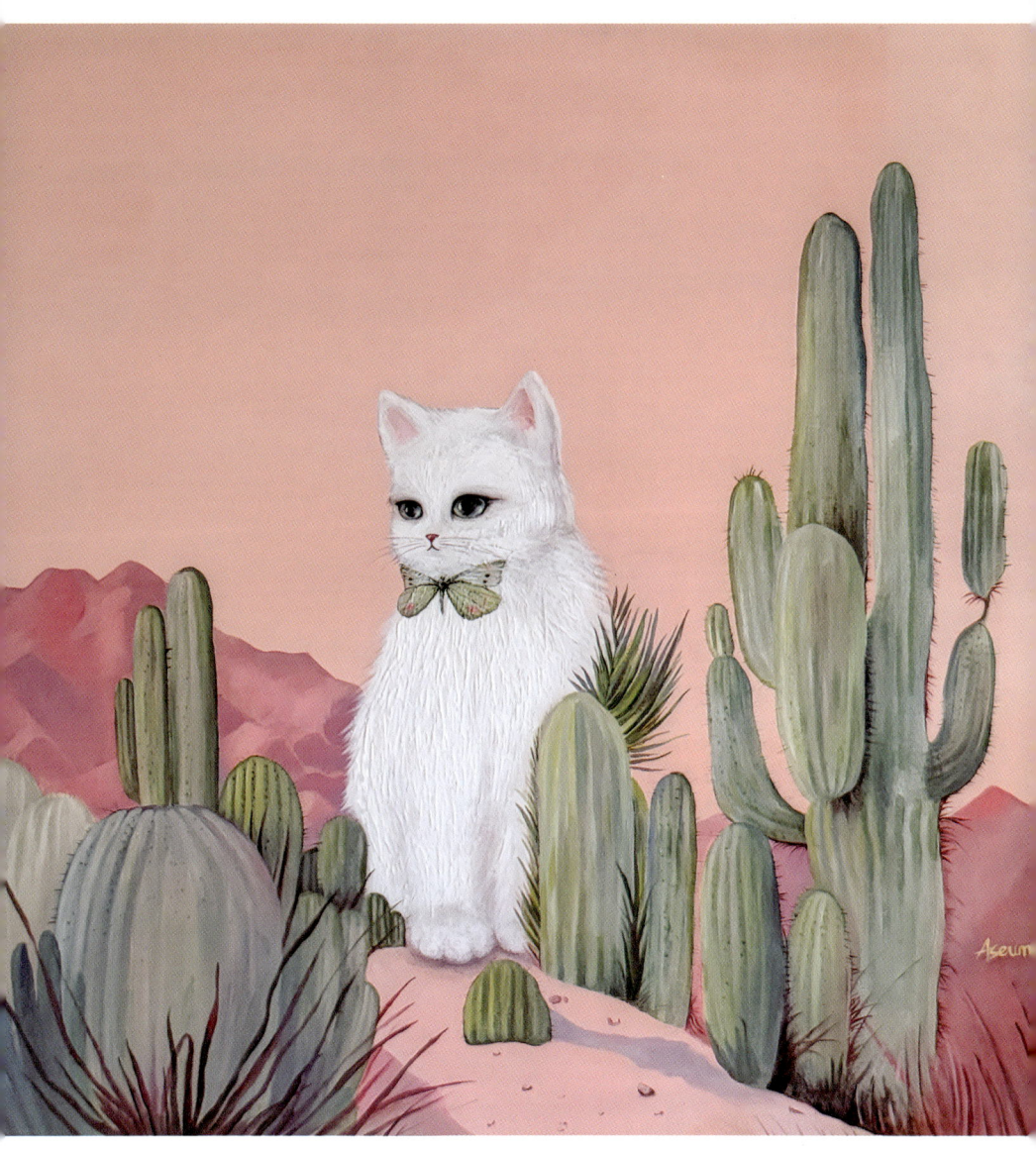

깜짝 놀라 얼른 고개를 숙이며 말씀드렸다. "죄송합니다. 일부러 그런 게 아니라 실수였어요. 주의하겠습니다."

진심으로 사과했지만, 아주머니는 이동하는 내내 계속해서 목소리를 높이셨다. "기분 나빠서 작품도 제대로 못 보겠네, 진짜!"

그 순간 당황스러움과 민망함이 뒤섞였고, 작품에서 느끼던 커다란 감동도 금세 가라앉아 버렸다. 내가 실수한 것이 맞지만, 문득 이런 생각이 들었다.

"작품이 자꾸 가려지는데, 조금만 조심해 주시겠어요?" 그분이 이렇게 말씀해 주셨다면 어떠했을까 싶었다.

언어는 같은 상황에서도, 말하는 이의 태도에 따라 얼마든지 다른 온도로 전해진다. "너는 이게 문제야!"라는 비난보다는, "나는 이게 불편해"라는 표현이 좀 더 따뜻하게 길을 열 것이다.

고양이들은 사람 곁에 함부로 다가서지 않지만, 신뢰가 쌓이면 조용히 곁에 앉는다. 조급함을 뒤로하고, 조용히 관찰한 뒤 조심스레 움직인다.

어린 시절, 친구 집에서 마주쳤던 고양이 한 마리가 떠오른다. 부드러운 털을 치마꼬리처럼 나풀거리며 느긋하게 눈을 깜빡이던 고양이. 그에겐 그 어떤 과장이나 꾸밈도 없었다. 그저 자리에 있는 것만으로도 공간의 분위기를 바꾸는 우아함이 있었다. 위엄과 온화함까지 갖추고, 작은 숨결에서조차 품격을 보여주던 고양이.

고양이는 억지로 누군가를 기쁘게 하려 하지 않는다. 불편할 땐 조용히 거리를 두고, 자신에게 맞지 않는 것에는 담담히 외면한다. 고양이야말로 '진짜 품격이란 이런 것이야!' 하고 말해주는 듯하다.

품위 있는 사람의 존재감도 그렇다. 그는 타인의 기대에 휘둘리지 않고 자신의 기준을 따른다. 그러면서도 예의와 배려, 여유를 잃지 않는다.

그런 여유는 어쩌면 삶을 단단하게 살아낸 시간에서 비롯된 것인지도 모른다. 거절조차 부드럽게, 거리 두기조차 따뜻하게. 혼자만의 시간을 존중할 줄 알기에 타인과도 건강한 에너지를 나눌 수 있다.

고양이처럼, 하품 하나에도 걸음 하나에도 앉아 있는 모습에도 우아함이 묻어나는 사람.

그런 사람은 화려한 옷보다 단정한 눈빛에서, 크게 말하지 않아도 진심이 느껴지는 말투에서 품격이 드러난다.

애쓰지 않아도 중심이 되는 사람. 가만히 존재하는 것만으로도 신뢰를 주는 사람.

결국, 중요한 것은 '어떻게 보일 것인가'가 아니라 '어떻게 존재할 것인가'의 문제다.

솔직하고 발칙한 본능

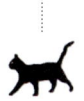

우리집 고양이 이름은 간식 이름 '츄르'인 것 같다.

"로이!" 아무 반응이 없다.

"츄르?" 그 순간, 자다가도 벌떡 일어선다.

심지어 어디 숨어 있는지 못 찾을 때도 어디선가 쏜살같이 튀어나온다. 가끔은 나를 가지고 노는 게 아닐까 싶다.

나는 화가 날 만도 한데, 로이가 곧장 엉뚱한 자세로 굴러다니거나 기묘한 표정으로 나를 올려다보면, 또 웃음이 터진다.

어떻게 도발할지 어디로 튈지 알 수 없는 생명체다. 매일 나를 들었다 놨다 한다.

고양이는 늘 진심이다.

그 어떤 사회성도, 체면도, 타인에 대한 감정 고려도 없다. 솔직하고 당당하며, 조금은 발칙하다. 아니, 매우 발칙하다.

사냥감이 눈앞에 나타나면 순식간에 '동물의 왕국' 배경음악이 깔린다. 그 작고 조용한 생명체가 갑자기 사자라도 된 듯 사냥 본능을 발휘한다. 그렇다고 늘 용맹하냐면, 그렇지도 않다.

정체불명의 플라스틱 뚜껑 하나에도 벽 뒤에 숨어 눈만 내놓고 몰래 엿본다.

"쟤 뭐야… 움직였어?"

이쯤 되면 어리바리한 '허당력'도 생존 기술의 일부다.

자기 편한 상황에서는 체면 따위도 없다. 다리를 쩍 벌리고 자든, 혀를 내민 채 멍하니 앉아 있든, 누가 보든 말든 전혀 신경 쓰지 않는다.

즐거우면 미친 듯이 온 집안을 신나게 누비며 '우다다'를 찍

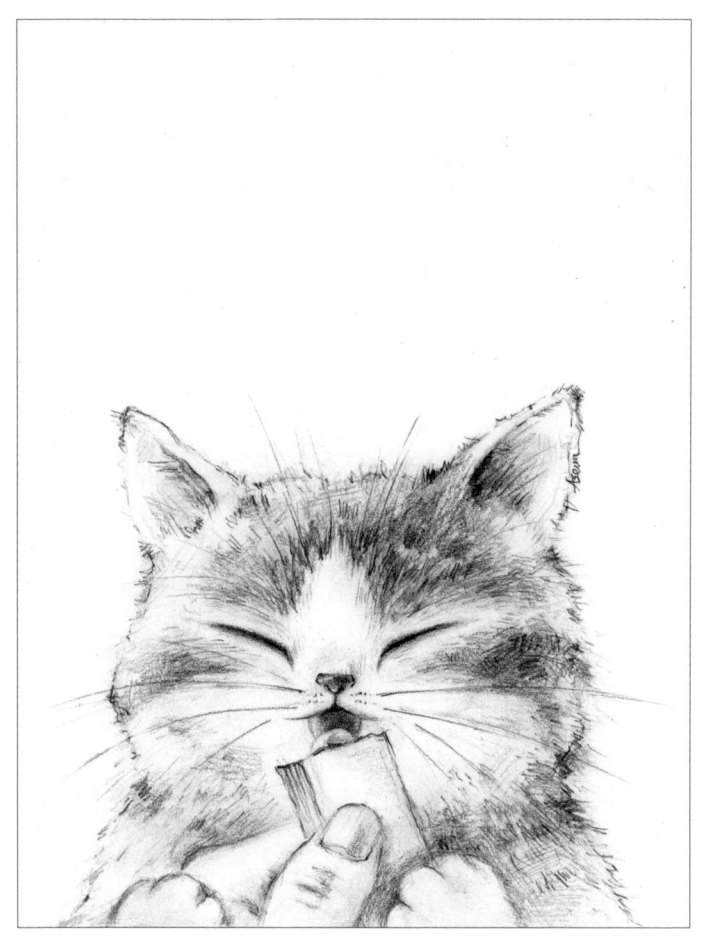

나만 없어 고양이3_Pencil on paper 2025

고, 불과 5분 뒤엔 고장 난 인형처럼 멈춰선 채 깊은 잠에 빠져든다. 그럴 때면 고양이는 본능 버튼밖에 없는 게 아닌가 싶다.

배가 고프면? 그때는 연기력이 폭발한다. 배를 드러내고 발라당, 내 다리에 몸을 비비며 온갖 애교 공세를 퍼붓는다.

그 귀여움에 사료를 듬뿍 담아주지만, 밥을 다 먹고 나면 곧바로 모른 척한다는 것. "고마워"라는 눈빛? 없다. 그저 휙 돌아서서 "됐고, 이젠 좀 혼자 있을게"라는 태도다.

그렇지만 때 묻지 않은 순수함과 무해한 본능이라는 걸 알기에 그런 태도마저 귀엽고 사랑스럽다.

고양이가 정말 위협을 느낄 때는 한순간에 돌변해 발톱을 세운다. 자신을 지키기 위한 최선의 방어 본능일 뿐이다.

고양이는 아이처럼 해맑고, 여자처럼 요염하다. 때로는 철학자처럼 세상을 내려다본다. 그리고 매일 '1일 1허당'을 보여주며, 우리를 배꼽 잡고 웃게 만든다.

솔직하고도 발칙한, 무해한 본능. 그 자체로 고양이는 이미 완성된 매력 덩어리다.

도도함 뒤의 반전, 허당미

    나는 문경이라는 작은 고장에서 자랐다. 여름방학이면 계곡이 놀이터였고, 밤하늘에 촘촘히 박힌 별들은 천장의 장식이었다.

    아예 계곡으로 들어가 여름살이를 하는 것도 자연스러웠다. 바위에 기대 낮잠을 자고 눈을 뜨면 푸르른 하늘이 반겼다.

    산에 올라 오디를 따고, 강으로 가서 물고기를 잡던 날들, 너무도 안온한 날들이었다.

    동네 사람들 모두 한 가족 같던 그 시절. 마을의 공기는 따뜻했고, 사람들의 말투는 늘 정겨웠다. 그때의 기억은 지금도 마음 깊은 곳에 포근한 햇살로 남아있다.

그러다 고등학교 1학년 때, 서울 강남으로 전학했다. 강의실 문을 여는 순간, 낯설고 차가운 공기가 온몸을 감쌌다. 낯선 시선들이 억센 빗줄기 같아 나는 말을 잊었고, 학우들은 내게 쉽게 다가오지 않았다.

나중에 친해지고서야 들은 얘기지만, 나를 처음 대면하는 사람들은 내게서 풍기는 분위기가 차갑고, 서울 사람 이미지를 빼닮았다고 말했다. 나는 그런 반응들이 오히려 신기했다. 서울 사람처럼 보이려고 애쓴 적도 없고, 그저 나답게 살아왔을 뿐인데 말이다.

사람들은 늘 나의 겉모습만 보고 나를 단정 지으려 했다. 그 순간은 잠시 멈칫했지만, 시간이 지나면서 사람들은 내가 생각보다 털털하고, 엉뚱하고, 꽤 무해한 사람이라고 말해주었다.

한순간 차도녀처럼 보였지만, 내면에는 여전히 시골의 햇살과 맑은 물소리가 흐르고 있다고 말이다.

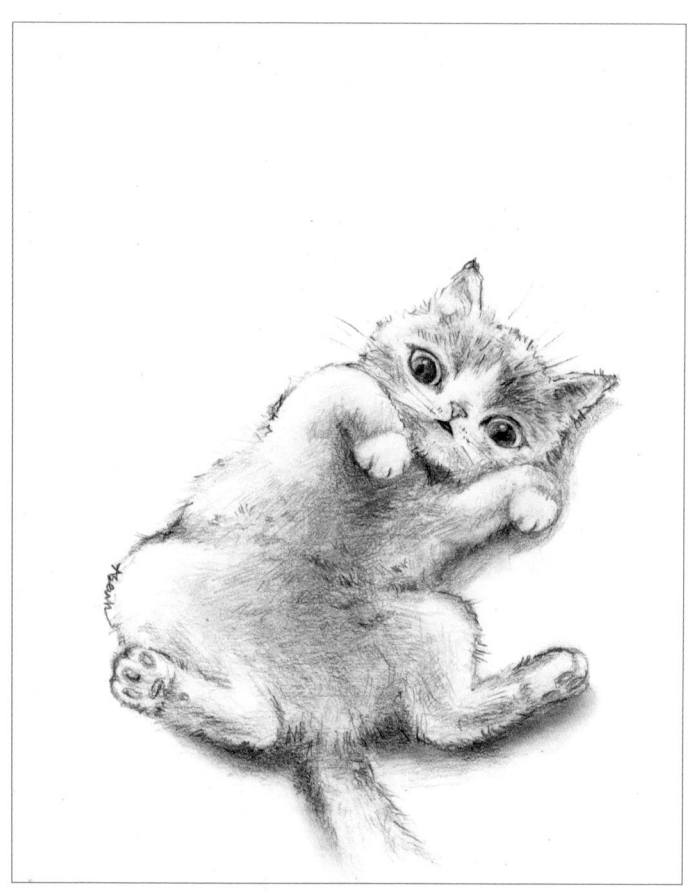

나만 없어 고양이4_Pencil on paper 2025

나는 고양이와 살면서 그런 이야기들을 다시 떠올렸다.

도도하고 까칠해 보이던 고양이.

하지만 어느 날, 느닷없이 철푸덕 드러누워 엉뚱한 자세로 그루밍 하거나, 혼자서 헛발질하며 뚱한 표정으로 노는 모습을 보고는 웃음을 참을 수 없었다.

완벽한 행위 예술가인 줄 알았던 고양이에게서 허당미가 튀어나오다니. 그 반전의 귀여움과 친근함은 나를 순식간에 무장 해제시켰다.

고양이를 오래 키워본 사람들은 말한다.

"얘네, 은근히 개그캐야!"

나도 고개를 끄덕인다.

어찌 보면 나도 고양이를 닮았다. 겉으론 도도해 보일지 몰라도, 어릴 적부터 뭐든 잘 잃어버리고, 자주 부딪혀 다치고, 방향 감각도 없고, 가까이 접해보면 그야말로 허당의 정석이다.

사람도 그렇다. 너무 완벽한 성품의 사람은 오히려 경계심을 불러일으킨다. 틈 없이 각 잡힌 존재는 멀게만 느껴진다.

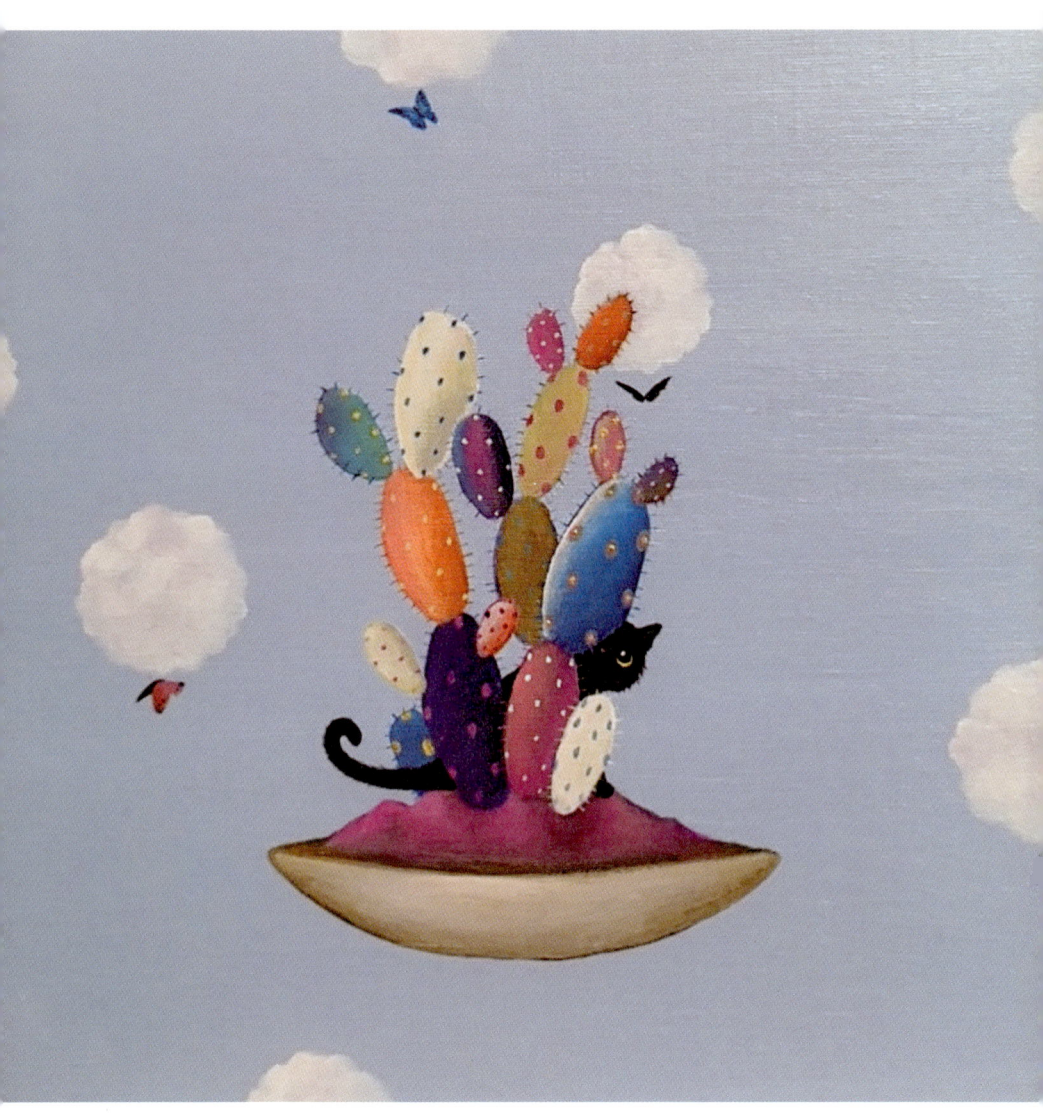

선인장 고양이6_31.8X31.8(cm) Acryㅈic on canvas 2023

까칠한 줄 알았는데 의외로 순정이 있고, 무심한 줄 알았는데 엉뚱하게 따뜻함이 숨어 있는 사람.

우리는 그런 예기치 않은 면에서 마음을 연다. 느닷없는 엉뚱한 모습 하나에, 예상치 못한 눈물 한 방울에 우리는 마음이 흔들리고, 어느새 정이 붙는다. 그 안에서 우리는 인간다움을 본다.

우리집 고양이도 처음부터 마음을 내주진 않았다.

하지만 시간이 흐르자, 조금씩 나에게 숨 쉴 틈을 내주었다. 그 조심스러운 틈 사이로 교감이 피어날 때, 나는 그 작은 틈이 얼마나 소중한지 알게 되었다.

그리고 깨달았다. 가장 매력적인 존재는 도도함과 무해함 사이의 어딘가에, 그 어중간하고 반전 있는 공간에서 피어난다는 것을.

고양이의 허당미처럼. 그 자연스러운 반전 속에, 우리의 진짜 매력이 숨어 있다.

그러니 조금 어설퍼도 괜찮다. 예측 불가능한 구석이 있는 사람이 더 오래 기억되고, 더 쉽게 사랑받는 법이다.

각인되는 존재감

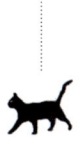

이탈리아의 패션 디자이너 조르지오 아르마니는 말했다.

"우아함은 주목받는 것이 아니라 기억되는 것이다."

그의 말처럼, 우리의 마음속에 오래도록 남는 존재는 화려하게 드러나는 사람이 아니라, 묵묵히 곁에 머무르며 깊이 새겨지는 사람이다.

가끔 그런 사람이 있다. 소란스럽지 않은데도 유난히 자꾸 떠오르는 사람. 눈에 띄지 않았지만, 지나고 나면 마음 어딘가를 건드리고 간 사람. 도대체 무엇이 그들을 잊히지 않게 만드는 걸까?

내게는 고양이가 그랬다. 처음 키우던 고양이는 지인 부부가 맡긴 아이였다. 아기가 태어나 잠시 돌봐달라고 했던 시간이 어느덧 2년이라는 세월로 이어졌다. 그 시간 동안 정이 들었던 고양이를 다시 돌려보냈을 때, 내 안에 남는 건 고요한 슬픔과 설명할 수 없는 그리움이었다.

그때부터 나는 고양이에 사로잡혔다. 그 존재를 계속 곁에 두고 싶어서, 그리움의 결을 붙잡듯 고양이를 그리기 시작했다. 그림 속 고양이는 그렇게 나의 삶에 스며들어 걸어 나왔다.

고양이는 누군가의 기억에서 잊히는 것을 두려워하지 않았다. 눈치를 보지도 않았다. 요란하게 애정을 표현하지도 않았고, 자기만의 감정으로, 항상 일정한 거리감과 고유한 리듬으로 움직였다.

하지만 이상하게도, 그 아이는 기억에서 지워지지 않았다. 말없이 바라보던 눈빛, 조용히 다가와 몸을 기대던 무게감. 함께한 모든 순간이 또렷하게 남아있다.

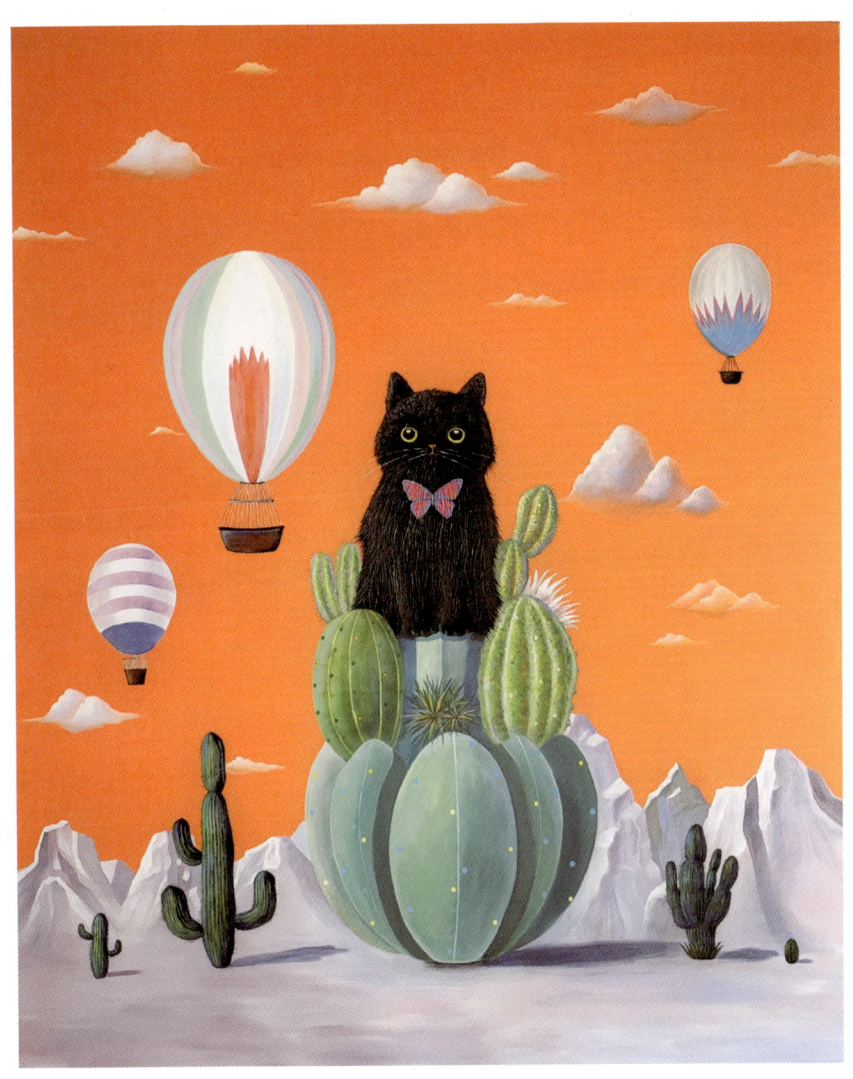

몽상가2_162X130(cm) Acryic on canvas_2023

어떤 사람은 스포트라이트 없이도 주인공이 된다. 또 어떤 사람은 설명하지 않아도 신뢰를 준다. 굳이 다가오지 않아도 마음을 끌어당기는 사람이 있다.

우리는 때때로 착각한다. 많이 보여야 기억되고, 빠른 반응을 얻어야 인정받는다고. 하지만 세상은 빠르게 주목하는 만큼 빠르게 잊는다. 잠깐의 인기와 화제는 파도처럼 밀려왔다가 썰물처럼 사라진다.

각인은 많은 노출에 있지 않다. 보여야 하는 순간보다 사라졌을 때조차 잊히지 않는 것. 눈에 띄는 속도보다 중요한 것은 기억 속에 고요히 머무는 깊이.

오래 남는 존재는 불쑥 떠오른다. 궁금해지고, 그리워지고, 다시 찾게 된다. 그 기억은 무의식 깊은 곳에서 신뢰로 자라나고, 신뢰는 관계의 뿌리가 되어준다.

눈에 띄기보다 마음에 머무는 것, 그것이 진짜 영향력이다.

조급하게 반짝이기보다는 천천히 다가와 말보다 태도로, 애쓰지 않고도 자신을 드러내는 존재.

그리고 어느 날, 그런 존재는 자연스럽게 우리의 마음 깊은 곳에 여운을 남긴다.

　고양이처럼. 조용히, 깊숙이, 느리게, 그러나 잊지 않게 각
인된다.

자유롭게 저 하늘을

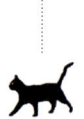

나는 늘 조금은 옆길로 새며 살아왔다. 정상과 비정상의 경계쯤에서 아슬아슬하게 선 채로.

문제아는 아니었지만 그렇다고 정석대로 걸은 적도 없었다.

중학교 시절, 조회 시간마다 친구와 함께 운동장을 빙 돌며 산책했다. 이름하여 '산책소녀'라 불렸다. 반항이라고 하기엔 조용했고, 순응이라고 하기엔 제멋대로였다. 지금 생각하면 참 황당한 아이였다.

고등학생이 되어 미술 학원에 다닐 때, 학생을 차별하는 선

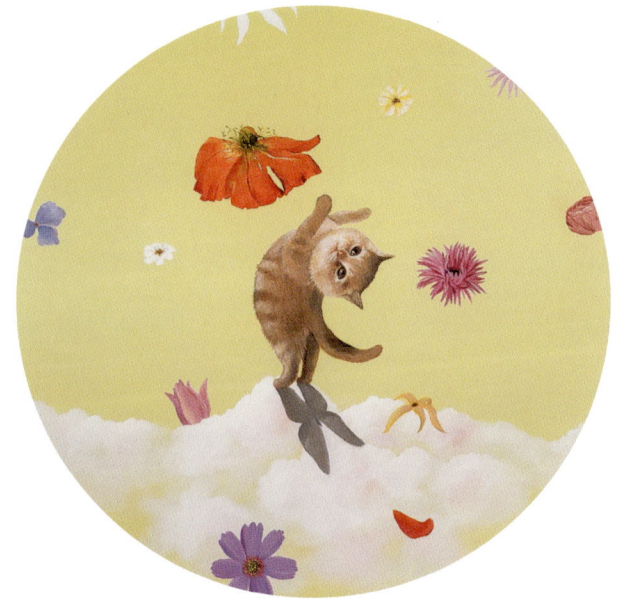

공중묘8_90X90(cm)_50호 Acryic on canvas 2024

생님께 아무 말 없이 편지 두 장을 써두고 조용히 다른 학원을 알아봤다.

그땐 그게 전부였지만, 시간이 흘러 나도 누군가를 가르치게 되면서 문득 그 선생님의 마음도 조금은 이해되었다. 그 시절을 돌아보면 내가 참 예민했구나 싶지만, 그래도 옳다고 여긴 일에는 움직이는 게 나았다.

20대 때는 말 그대로 사서 고생이었다. 하고 싶은 건 꼭 해봐야 직성이 풀렸기에, 작품 활동과 그림 강의도 하며 동시에 온라인 쇼핑몰을 열었다. 매장을 차려 사업하다가 폭삭 망해보기도 했다. 열거할 수도 없는 다양한 시도를 해봤다.

지금 생각해보면 참 무모했다. 하지만 그 무모함 덕분에 돈으로 살 수 없는, 후회 없는 배움을 얻었다.

"그때 안 해봤으면, 지금쯤 또 해보겠다고 들썩였겠지."

그러다 미술 관련 사업이 빠르게 자리를 잡으면서, 한때 우쭐했던 적도 있다. 칭찬 한마디에 붕 뜨고, 작은 실패에는 한없이 가라앉던 시절. 아무것도 아닌 일에 일희일비하던 그때의 나를 돌이켜보니, 처음 겪는 일에 그럴 수도 있다는 생각

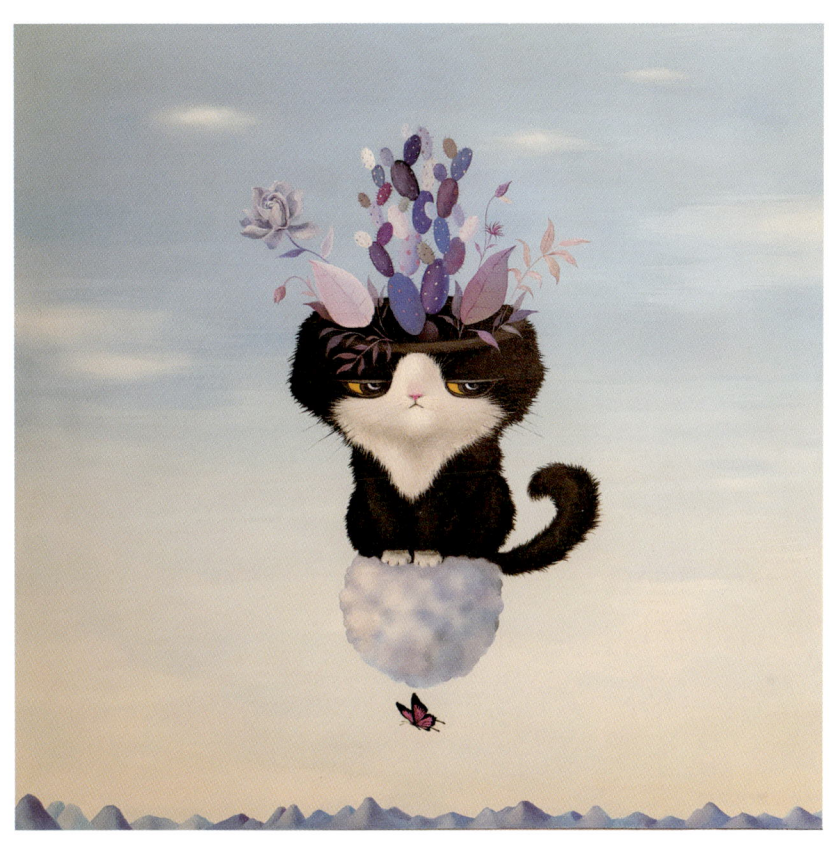

공중묘1_72.7X72.7(cm) Acryic on canvas 2024

이 든다.

내가 가장 오래 붙잡았던 일은 아이들 미술 입시 지도였다. 나는 학벌이나 명문대엔 관심이 없었지만, 학생들이 원하는 학교에 붙었을 때 그들의 환호와 눈빛에는 기꺼이 마음이 움직였다.

그렇게 10년이 넘는 동안 많은 입시를 거치며 아이들과 울고 웃는 사이, 어느 순간 내가 그림 작가로 본격 활동하면서부터 그제야 보이기 시작했다.

왜 우리 사회는 그토록 간판에 집착하는지, 실력보다 이력서를 먼저 보는지. 씁쓸했지만 또 천천히 무언가가 변하고 있다는 희망도 느꼈다. 이제는 사람들도 점점 '진짜'를 찾고 있다는 생각이 든다.

그렇게 나는 지금까지 하고 싶은 대로 살아왔다.

"너, 너무 철없이 사는 거 아냐?"

"결혼은? 벌써 마흔이야."

물론 독신주의자가 아니지만 나와 같은 사람들은 각자 사연이 있을 것이다. 나 역시 지금의 흐름이 나에게 맞을 뿐

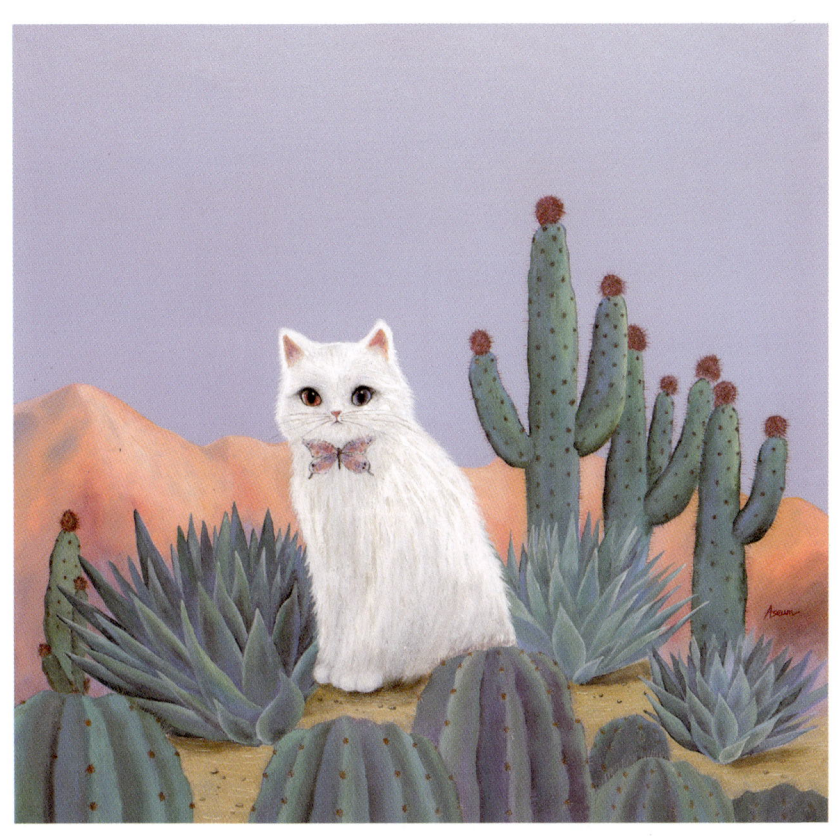

몽상가3_60X60(cm) Acryic on canvas 2023

이다.

원하는 것을 꼭 가져야만 인생이 완성되는 걸까? 세상의 기준에 부합해야만 괜찮은 사람일까?

살다 보면, 정답처럼 보이던 것들도 흐려지고, 무모했던 도전들이 오히려 단단한 뿌리가 되기도 한다. 나는 그렇게, 엇비슷한 듯해도 전혀 같지 않은 길을 걸어왔다.

나는 고양이처럼 살아왔다.

햇살이 드는 창가에서 기지개를 켜듯 원하는 방향으로 몸을 틀며, 나만의 리듬으로, 마음이 끌리는 대로, 감각이 향하는 대로, 다소 느슨하게 때로는 예민하게 살아왔다.

고양이는 줄을 서지 않는다.

고양이에게 단체 생활은 그야말로 심리적 멀미를 부르는 일이다.

내가 고양이였다면 '햇살 길냥이' 정도이지 않았을까. 나는 규칙이라는 것에는 답답해 꼬리를 세우고, 조심스럽게 발톱을 세우곤 했다. 불필요하거나 부당한 권위에는 조용한 반항으로 응수했다.

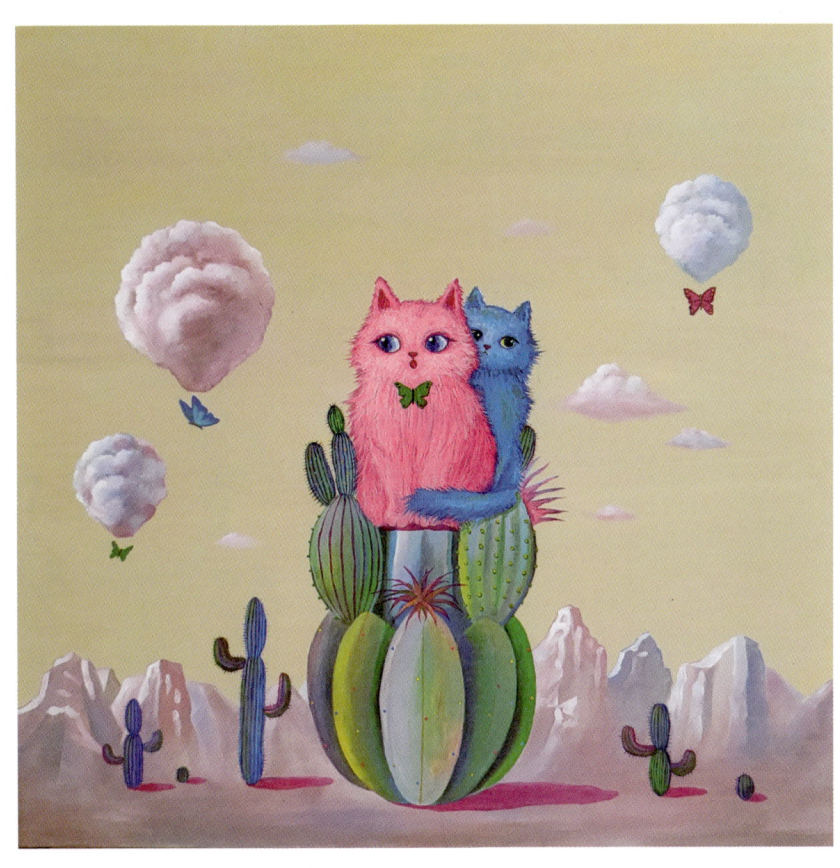

사막과 고양이1_60X60(cm) Acryic on canvas 2023

삶의 정답지는 애초에 주어지지 않는다. 우리는 저마다의 해답을 살아가며 찾아갈 뿐이다.

지금 이 순간, 이 방향이 내 삶이라면 꼭 모두의 기대를 따라가지 않아도 괜찮다. 큰 규범에 어긋나지만 않는다면 조금 엉뚱해도, 조금 달라도, 조금 엇나가도, 조금 느려도 괜찮다.

누가 뭐래도 괜찮다.

고양이의 삶이 보여주는 것처럼.

진짜 자유는 '남들처럼'에서 벗어난 그 지점에 있다.

무해하고 귀여운 생명체

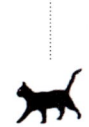

고양이는 아이처럼 맑고, 어른처럼 조심스럽다.

마음이 가는 데로 움직이되, 누군가의 마음은 조용히 살핀다.

요즘 사람들은 '무해한 사람'이라는 말을 흔히 쓴다.

관계를 복잡하게 만들지 않고, 누군가의 에너지를 갉아먹지 않으며, 소모적이지 않은 사람을 두고 "무해해서 좋아"라고 말한다.

더이상 누구에게도 상처받고 싶지 않은 우리 모두의 지친 마음이 만들어낸 본능적인 바람일지도 모른다.

말을 아끼고, 감정을 함부로 흘리지 않으며, 한 박자 쉬어 가는 여유 속에서 타인의 마음을 조심히 어루만지는 태도.

무해함은 누군가를 사랑하고 존중하는 방식의 가장 조용한 형태다.

창밖에 피어난 꽃 한 송이, 고요한 하늘에 떠 있는 구름 한 조각, 따뜻한 커피 한 모금에서도 기쁨을 발견할 줄 아는 마음. 그건 마음이 아직 살아있다는, 작고 위대한 증거다.

고양이는 순수함과 무해함, 그 두 가지를 다 가진 존재다.

세상을 밀어내지도 않고, 무작정 품지도 않는다. 딱 필요한 만큼만 다가서고, 딱 괜찮은 만큼만 자리를 내준다. 가깝지 않아도 따뜻하고, 멀지 않아도 정겹다.

어쩌면 순수함과 무해함이 만났을 때 생기는 감정의 이름이 바로 '귀여움'이 아닐까?

사람들은 종종 귀여움을 가볍게 여기지만, 사실 귀여움은 조용한 방식으로 마음을 열게 만드는 아주 강력한 힘이다.

사람은 강한 존재 앞에서는 방어적으로 변하지만, 귀여운

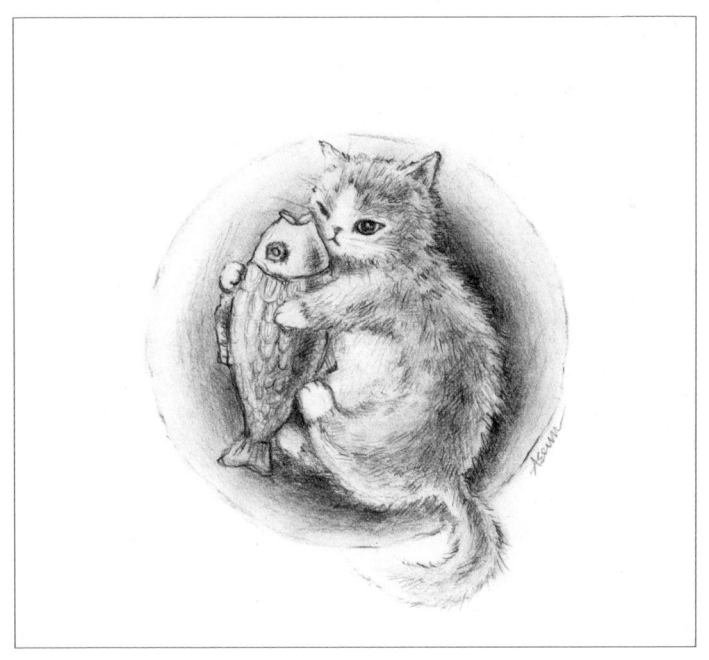

나만 없어 고양이5_Pencil on paper 2025

존재 앞에서는 순식간에 무장 해제된다.

아무것도 요구하지 않는데도, 뭔가 더 주고 싶어진다.

소유하지 않아도 모든 걸 누릴 줄 아는, 존재만으로 충만한 존재. 고양이는 그런 생명체다.

물론 세상 물정 모르고 순진하게 살아간다면 세상사에 다치기 쉽다.

하지만 고양이처럼 순수하게 느끼고 무해하게 살아간다면 우리는 매일 조금 더 많은 것들을 충만하게 누리며 살아갈 수 있지 않을까.

고양이가 햇살 아래 행복을 온전히 누리는 것처럼 말이다.

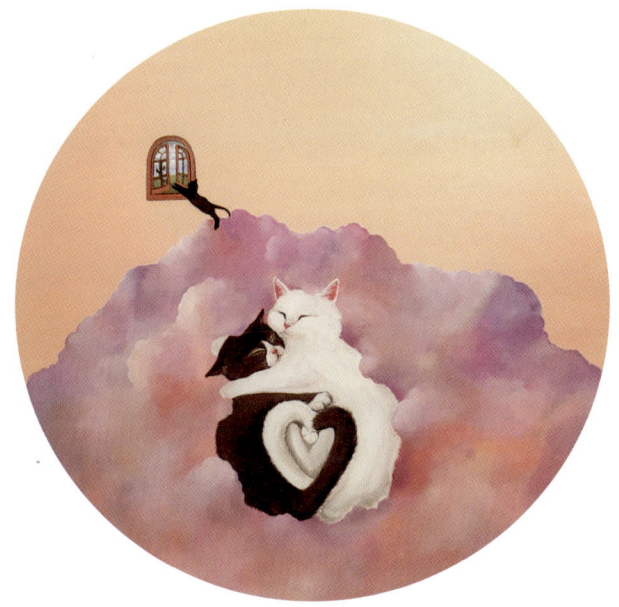

공중묘6_90X90(cm) Acryic on canvas 2024

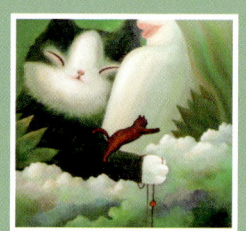

3장

조용한 치유,
무심한 듯
깊은 위로

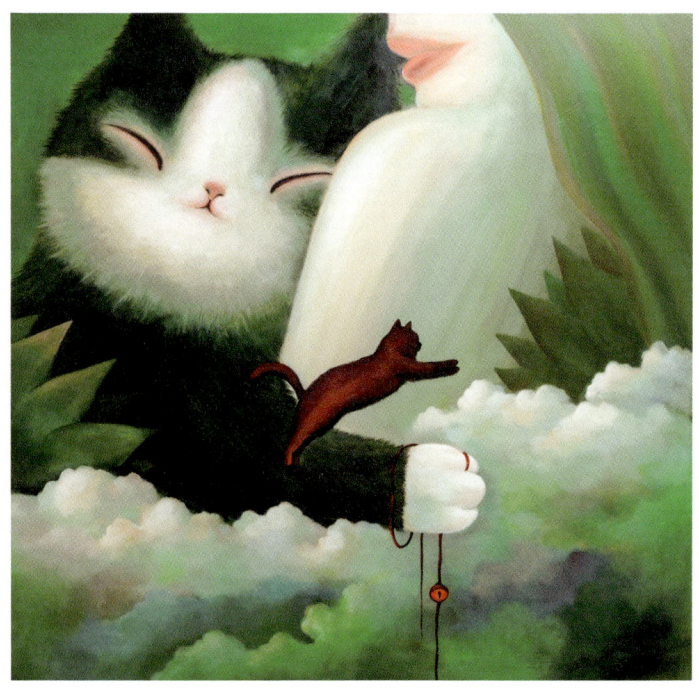

꿈_72.7X72.7(cm) Acryic on canvas 2025

혼자여도 외롭지 않아

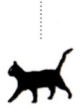

고양이는 혼자 있는 시간을 두려워하지 않는다. 고독은 그들에게 쉼이자 충전의 시간이며 평온을 누리는 방식이다.

아무도 없는 곳, 햇살이 드는 자리에 가만히 앉아 긴 숨을 고르고, 천천히 눈을 감는 고양이는 그 고요함으로 말없이 나에게 묻는 듯하다.

"너는 너 자신과 함께하는 시간에 익숙하니?"

요즘의 나는 혼자만의 시간을 편안하게 누린다. 그렇지만 한때는 적막한 공기에 눌려 몹시 힘들었다.

혼자 있을 때면 어디선가 불안과 외로움, 허전함과 무료함이 스멀스멀 밀려들었다. 이유는 뚜렷하지 않았고, 마음 한구석은 텅 빈 느낌이었다. 그런 공기에서 벗어나고 싶어 이리저리 뛸수록 마음은 좀처럼 다잡기 어려웠다.

그때를 떠올리면 문득 이 노래 가사가 생각난다.

"연극이 끝나고 난 뒤 혼자서 객석에 남아 조명이 꺼진 무대를 본 적이 있나요. 음악 소리도 분주히 돌아가던 세트도 이젠 다 멈춘 채 무대 위엔 정적만이 남아있죠. 고독만이 흐르고 있죠."

_〈연극이 끝나고 난 후〉

그때의 적막한 공기는 딱 이 노래 가사 같았다.

아마 그 시절의 나는 온전히 '나'로 살아가지 못한 것 같다. 감정의 굴레에 오랫동안 갇혀 나에 대한 정체성도 흐릿했다.

어떤 말도 어떤 위로도 와닿지 않았고, 내 안의 낯선 마음에서 벗어날 확신이 없었다.

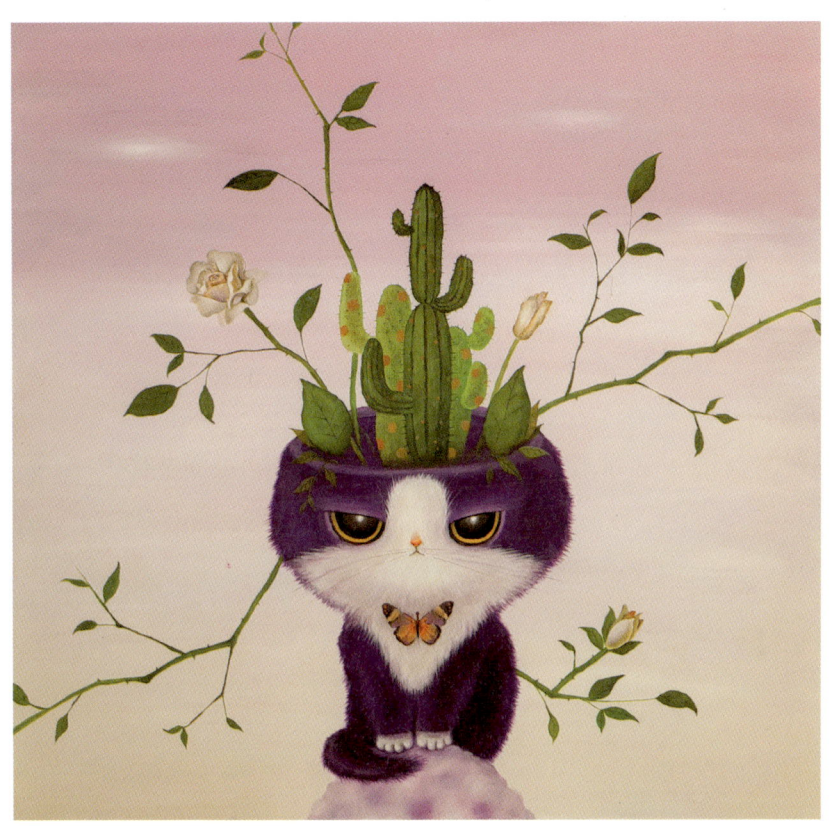

공중묘2_72.7X72.7(cm) Acryic on canvas_2024

스스로 단단하지 않다 보니, 작디작은 외부 자극에도 쉽게 상처받았다. 상처는 늘 열린 채였고, 아물지 않은 틈 사이로 또 다른 상처들이 쳐들어왔다.

내면의 텅 빈 공백을 사람으로, 혹은 억지 소음으로 채워보기도 했다. 하지만, 하루만 지나도 더 커진 공허만이 뎅그렁거렸다.

그러던 어느 날, 더는 혼자 버틸 수 없다고 느껴졌다. 마음속 무너짐이 손에 잡힐 듯 커졌기에 조용히 정신과를 찾아갔다.

그러나 의사와 마주 앉았을 때, 나는 더 깊이 무너졌다. 성의 없는 눈빛, 공감도 감정도 느껴지지 않는 말투로 시작해, 그가 툭 던지듯 건넨 말 한마디.

"가장 위험한 단계의 우울증입니다."

그 순간, 나는 서러움보다 화가 났다.

마음 치료를 받기 위해 의사를 찾았지만, 그의 말 한마디가 오히려 나를 더 깊은 어둠으로 밀어 넣었다.

그래서 결심했다. "어차피 내 삶은 내가 살아야 하잖아. 그럼, 죽기 전에 하고 싶은 건 다 해보자."

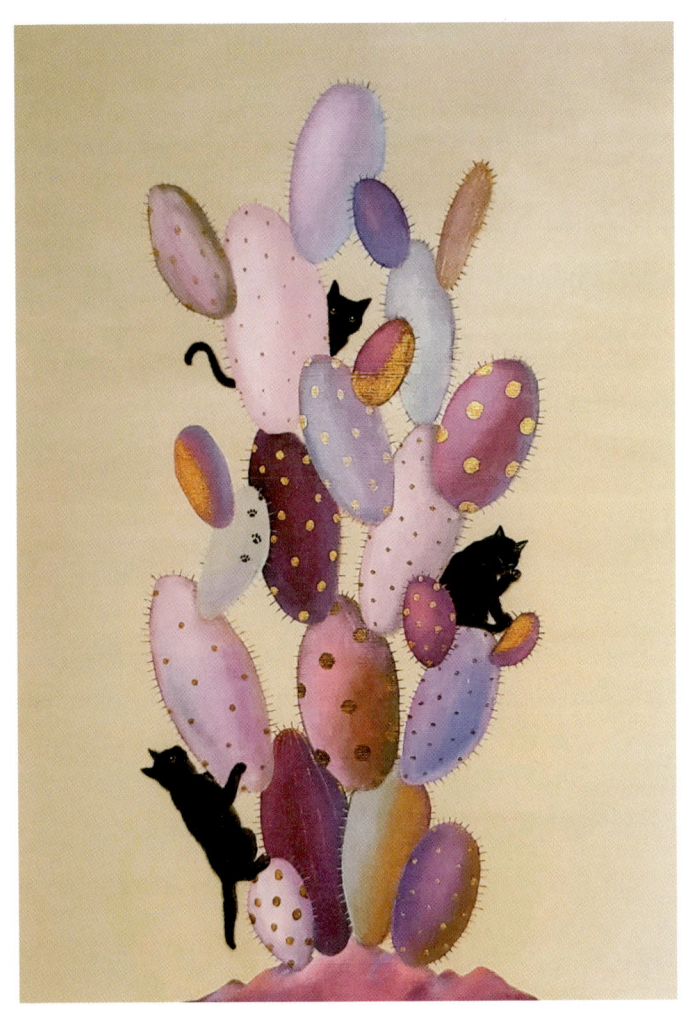

선인장 고양이2_57X70(cm) Acryic on canvas 2024

나는 처방받은 약봉지를 곧바로 쓰레기통에 내던졌다. 그리고 그 순간부터 삶을 거꾸로 흔들기 시작했다.

해외로 훌쩍 떠나기도 했고, 혼자 버스에 올라 어디든 무작정 가보기도 했다. 블로그를 만들어 글을 쓰고, 무언가를 판매해 보기도 했다.

그림을 그리고, 전시에 참여하고, 책을 잔뜩 사서 하루 내내 책에 파묻히기도 했다. 학원 강사 때 모은 목돈을 가지고 뜬금없이 매장을 인수해 사업을 벌이기도 했다. 그때 나는 하고 싶은 모든 걸 시도해봤다.

주변 사람들은 그런 나를 보며 "답이 없다"고 말했다. 어쩌면 맞는 말이었는지도 모른다.

그때 그런 일을 겪으며 마음 바닥 끝에서 중요한 걸 깨달았다.

"그래서, 당신이 내 인생을 대신 살아줄 건가요?"

그 단순한 진실을 마주하는 순간, 더는 어떤 조언이나 위로에도 기대지 않기로 했다. 직접 부딪히고 넘어지고, 내 힘으로 답을 찾아 나가기 시작했다.

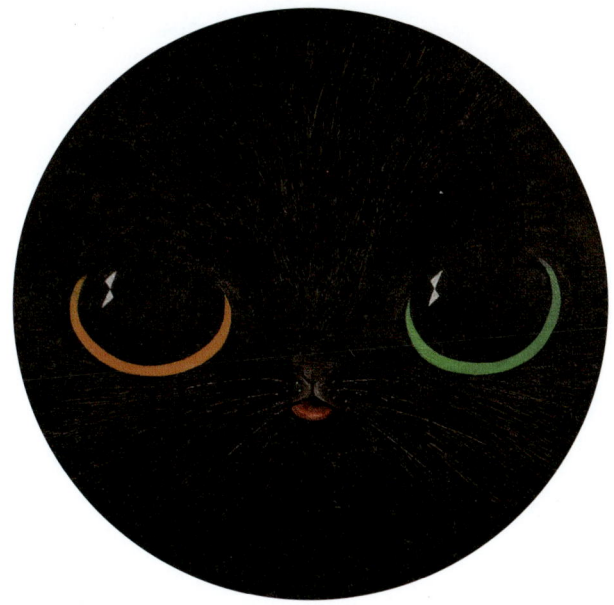

페르소나4_30X30(cm) Acryic on canvas 2025

나는 실패하면서도 조금씩 나를 알아갔다. 내가 좋아하는 것, 나다운 선택, 세상을 어떤 눈으로 바라보고 싶은지를…. 그러자 내가 어떤 결을 가진 사람인지, 점차 구체화 되고 또렷해지기 시작했다.

내 안에서 차오르는 조용한 에너지가 나를 단단하게, 그리고 부드럽게 감싸주기 시작했다.

오랜 시간에 걸쳐 천천히 나 자신의 호흡에 기대어 자각하는 순간, '확신'이라는 바다의 한 지점에 닻을 내릴 수 있었다.

그리고 해답이 보였다. 나는 창작해야 하는 사람이었다. 무언가를 표현하고, 만들어내고, 나의 감정을 예술로 옮겨야 비로소 살아 있는 느낌이 들었다.

오래도록 미운 오리 새끼처럼 특이한 애로 낙인찍혀 사는 느낌에서, 예술 계통의 사람들과 어울렸을 때 지극히 평범해지는 안정감을 느꼈다.

더는 공허하지 않았다. 고양이처럼, 혼자 있어도 더는 외롭지 않았고, 누구의 시선에도 쉽게 흔들리지 않았다.

고양이는 자신을 드러내려 애쓰지 않는다. 스스로 어루만지듯 찬찬히 그루밍을 하고, 창밖을 바라보며 세상과 조용히 거리를 둔다. 때로는 깊은 잠 속으로 스며들며 자기 안의 세계를 탐험한다. 고양이에게 그 시간은 무의미하지 않다.

단단함은 그렇게 혼자 있는 시간 속에서 길러지는 것이 아닐까.

자신을 스스로 신뢰할 줄 아는 사람은 고독을 두려워하지 않을 것이다. 홀로 온전히 나와 함께 있어도 괜찮다는 믿음, 아무것도 하지 않아도 괜찮다는 여유, 누군가의 사랑에 의존하지 않아도 스스로 아낄 수 있다는 내공.

고독은 고립이 아니라 깊이의 시작이다.

스스로 자신과 친해지는 사람이 세상과도 조화롭게 어울릴 수 있다.

가만히 감정을 가라앉히고, 내면을 정돈하고, 진짜의 '나'를 만나는 소중한 시간.

고양이의 침묵처럼, 나 역시 그 고요 속에서, 조금 더 깊은 '나'를 만나는 중이다.

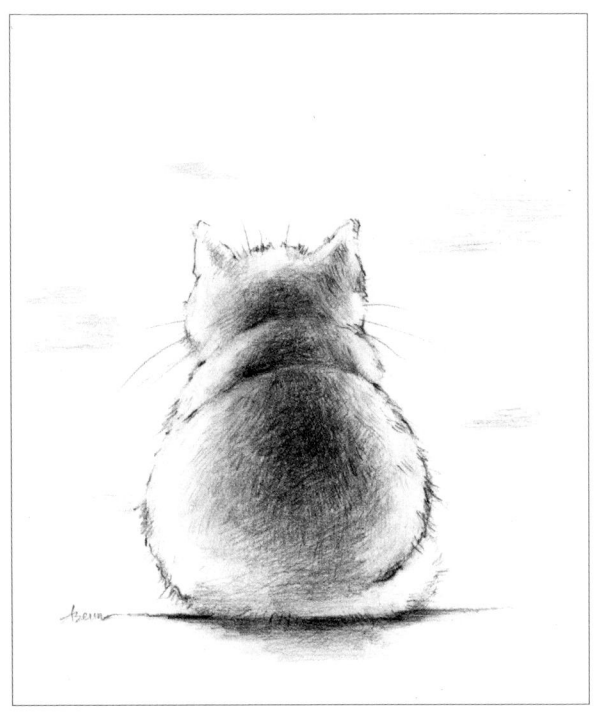

나만 없어 고양이6_Pencil on paper 2025

자기연민에서 걸어 나오기

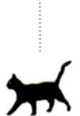

내 20대는, 말 그대로 사람에게, 그리고 인생에게 자주 속았던 시기였다.

시골에서 자라서였을까.

나는 눈에 보이는 모든 것을 믿었고, 사람의 말에는 거짓이 없을 거라 여겼다. 세상이 그렇게 단순하지 않다는 걸 깨닫기까지, 꽤 많은 대가를 치러야 했다.

잠시 자리를 비운 사이 지갑 속 현금과 카드가 사라진 건 시작에 불과했다.

비싼 수강료를 내고 등록한 프로그램은 하룻밤 사이 운영 진과 함께 사라졌고, 가족보다 가깝다고 믿었던 동생은 정작 내가 가장 힘들던 순간에 등을 돌렸다.

결정적인 사건은 평소 인사만 나누던 지인이 소개팅을 주선한 자리였다. 외모와 태도가 선하고 신사적이었다. 그 사람과 연락이 이어진 지 일주일쯤 되던 날, 경찰서에서 부모님께 전화가 걸려왔다. 경찰서에서 지명수배 중인 사기꾼이라는 것이다.

항상 나를 감싸던 부모님이 처음으로 내 일로 눈물을 보이셨다. 세상이 무너져 내리는 것 같았다.

처음 내딛는 낯선 경찰서로 들어섰다. 피해자 진술서를 쓰던 그 시간이 그렇게 무섭고 두려웠다.

경찰은 내가 불행 중 다행이라고 했다. 나는 직접적인 피해는 없었지만, 꽤 많은 사람들이 금전적 피해를 당한 상태였다. 불행 중 다행은 맞다.

그러나 그 후로 한동안 정신적 후유증을 겪으며 믿었던 모든 것이 흔들렸다. 사람을 믿는 일이 가장 힘들었다. 남들은

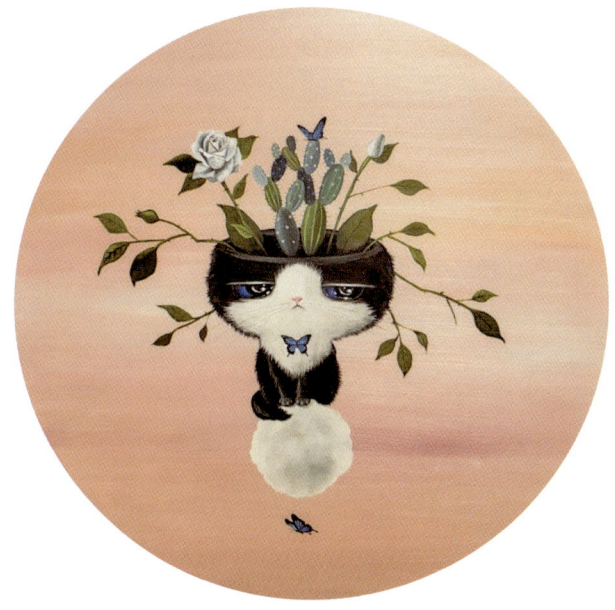

공중묘4_60X60(cm) Acryic on canvas 2024

잘도 피해서 가는 일들이 왜 내게는 계속해서 반복될까. 세상이 나 하나만 골라 시험하고 조롱하는 것만 같았다.

'어디서부터 잘못된 걸까, 왜 나만 이런 일을 겪는 걸까.'

상처를 꾹꾹 눌러 담다 보니, 아주 작은 틈에도 눈물이 터져 나왔다.

내가 가볍게 내린 선택은 외면한 채, 화살은 늘 외부를 향하고 있었다. 물론 모든 일이 내 책임일 수는 없다. 어떤 상황은 아무리 조심해도 피할 수 없다.

하지만 반복되는 경험 속에서, 나는 스스로 '불쌍한 나'라고 여기는 자기연민의 틀 안에 점점 더 깊숙이 머물고 있었다.

상처를 오래 바라보고 있으면, 상처보다 그것을 바라보는 시선이 더 날카롭고 위험해진다.

그 시선은 삶 전체를 물들이는 독이 되기도 한다.

그런 내 곁에 오랫동안 함께한 고양이는 상처에서 비교적 빠르게 빠져나오는 법을 알고 있었다.

고양이도 상처를 받는다. 처음 우리집에 왔을 때는, 일주일간 밥도 먹지 않고 숨어 있었다. 매일 새벽이 되면 슬프게

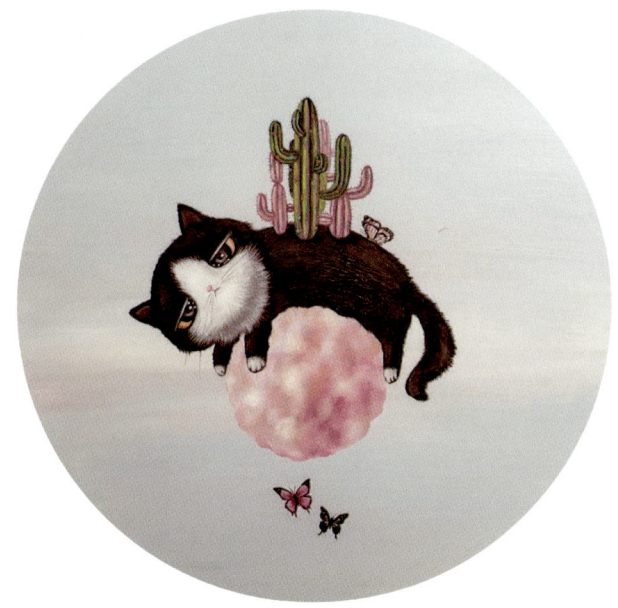

공중묘3_60X60(cm) Acryic on canvas 2024

울었고, 낯선 공간에 낯설게 머물렀다.

하지만 한 달도 채 지나지 않아 조용히 일상으로 복귀했고, 마치 언제 그랬냐는 듯 제 리듬을 되찾아갔다. 감정을 억지로 무겁게 끌고 가지도 않았고, 필요 이상으로 붙들지도 않았다.

우리도 고양이처럼, 슬픔이 오면 잠시만 머물게 놓아두고, 때가 되면 자연스럽게 흘려보내면 된다.

지나간 감정에 삶 전체를 걸지 않는 것. 그게 어쩌면 내가 잊고 지냈던 회복의 리듬이 아닐까.

우리는 살아가면서 끊임없이 예상치 못한 상처를 맞이한다. 때론 피할 수 없는 일도 있다.

생존력4_90.9X72.7(cm) Acryic on canvas 2023 …▸

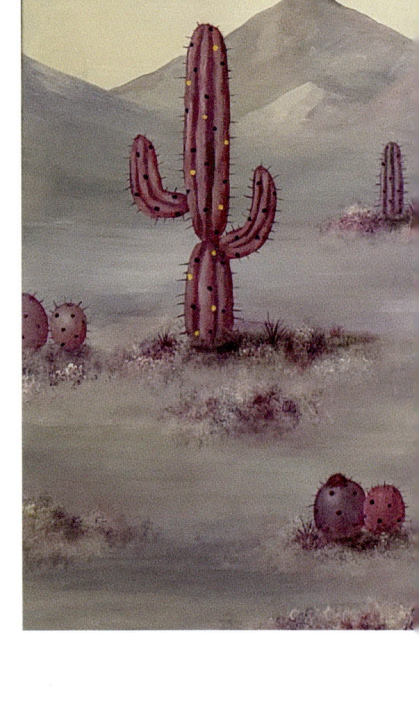

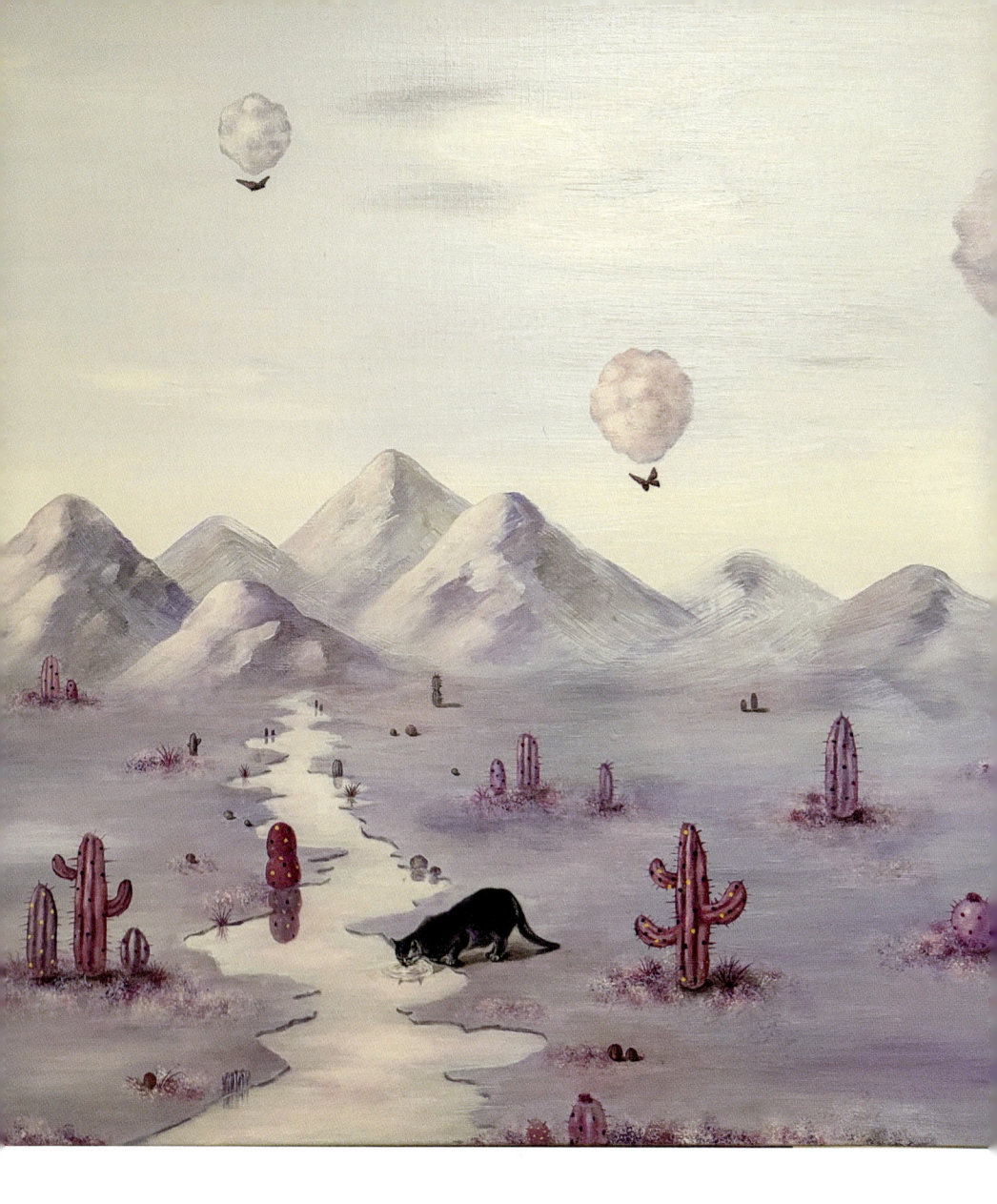

하지만 그 상처 속에서 '불쌍한 나'라는 자리에 오래 머물지 않으면 된다.

거기서 걸어 나오는 일만큼은, 누구도 대신해줄 수 없다. 상처를 마주한 그 순간이야말로 자기 자신을 더 단단히 안아 줘야 할 시간이다.

고양이처럼, 우아하고 가볍게.

어느 날의 햇살 속에서 조용히 일어서자.

홀홀 털고, 비워내고, 다시 내 걸음으로 거침없이 걸어가 보자.

그림, 그리고 고양이

나의 고교 시절은 그야말로 격동기였다.

당시 부모님은 서울로 올라와 크게 사기를 당하시어 인생의 그래프가 바닥 지점까지 곤두박질치는 듯했다.

나는 아직까지 아빠에게 이야기한 적은 없지만, 아빠는 새벽마다 세수하고, 내 방을 통해 베란다에 갔다가, 또 세수하기를 반복하셨다. 혼자 눈물을 억지로 삼키고 계셨다. 눈물을 감추기 위한 의식 같았다.

그런 아빠의 뒷모습을 지켜보며, 나도 이불 속에서 조용히 울음을 삼켰고, 눈물범벅이 된 채 잠이 들었다.

강남이라는 환경 특성상, 주위엔 대부분 부유하고 여유로운 친구들뿐이었다.

그 안에서 나는 더욱 외로워졌고, 마음을 기댈 수 있는 곳이 없었다.

그때 처음으로 깨달았다.

평생 부모님께 기대어 살 수는 없다는 것. 그 순간부터 '어떻게 하면 혼자서도 살아남을 수 있을까'라는 질문이 머릿속을 떠나지 않았다.

아마 그 시절부터 내 안에 독립적인 성향이 서서히 자리 잡기 시작했던 것 같다.

학교 수업은 대부분 외국어처럼 낯설고 어렵게 느껴졌지만, 유일하게 미술 시간만큼은 달랐다.

시골 학교와는 비교도 안 될 만큼 체계적이고 수준 높은 수업이었고, 명화와 조각 등을 배우는 시간은 늘 흥미로웠다.

나는 수업마다 작업을 가장 빨리 끝내고 친구들 작업을 도와주었다.

공개평가에서 채점방식은 모두 교실 앞으로 나가 자신의 작품을 들고 서 있는 채로 진행되었다. 가장 점수가 높은 순서대로 호명되었는데, 매번 가장 먼저 내 이름이 호명되는 것을 친구가 눈여겨보고 내게 미술 학원에 다닐 것을 매일 권했다.

다행히 부모님의 사업이 더디지만 조금씩 회복되면서 나는 뒤늦게 미술 학원에 다닐 수 있었다.

그 후 내가 오랫동안 미술 학원에서 강의하고, 미술 학원을 직접 운영도 하게 된 건 단순히 미대를 나온 것 때문만은 아니었다.

내가 처음 미술을 배우던 곳에서 그림과 나 사이의 대면이 있었고, 나에겐 그 독백의 시간이 진짜 치유의 시간이 되었기 때문이다.

그래서 나처럼 혼란스러운 마음을 가진 학생들에게도 그 고요한 시간을 나눠주고 싶었다. 취미반도 마찬가지였다. 결과보다는 과정에서 자신을 마주하는 그 시간이 무엇보다 중요하다고 생각했다.

사람들은 내가 왜 그토록 고양이를 그리는가에 대해 종종 질문한다. 나를 마음 깊숙이 어루만져 치유해 준 것은 미술과 고양이다. 그래서 고양이 그림을 그린다.

한때는 나비를 자주 그렸다. 자유로움을 상징하는 존재였지만, 어쩐지 그 그림 속의 나는 조금도 자유롭지 못했다.

감성보다는 이성으로, 위로보다는 결과로 향하는 그림들이었다. 그림이 목적이 아닌 도구처럼 느껴졌고, 마음을 담아내기가 점점 더 어려웠다.

하지만 고양이를 그리기 시작하면서, 내 안의 숨어 있던 색들이 자연스럽게 흘러나오기 시작했다.

그렇게 나는 고양이를 통해, 내 안에 오래도록 숨어 있던 진짜 나를 천천히 끄집어냈고, 스스로를 어루만지며 치유할 수 있었다.

그림을 바라보는 누군가의 마음 한구석에도, 말없이 조용히 다가가 위로가 되는 고양이처럼 고요하고 따뜻한 온기가 스며들기를 진심으로 바란다.

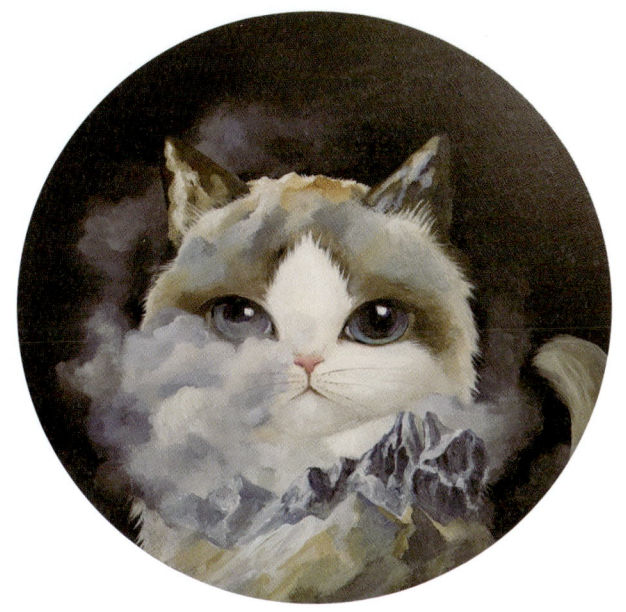

고양이 산맥4_30X30(cm) Acryic on canvas 2024

손에 잡히면 잡고, 아니면 놓는다

"지금 고민하는 그 일이 손에 잡히는 일이야? 당장 손에 잡히지 않는 거라면 잠시 신경 끄고 사는 건 어때?"

친구는 내가 손에 잡히지도 않는 일들로 머릿속을 가득 채우며 사는 모습이 안타까워 보였는지, 지나가는 얘기로 한마디 거들었다.

그런데 나는 그 짧은 말이 단박에 꽂혔다.

그날 이후 나는 '손에 잡히는 일'과 '잡히지 않는 일'을 분리해 고민을 정리하기 시작했다.

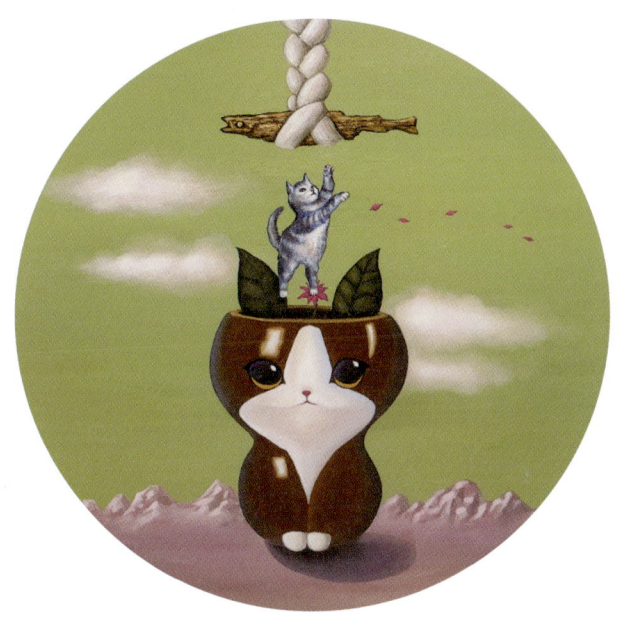

오늘은 꼭 잡고 싶어_50X50(cm) Acryic on canvas 2024

예를 들어 냉장고 정리, 이미 확정된 작품 구상, 이번 주 리스트 정리, 여행코스 짜기 등 지금 실행이 가능한, 손에 잡히는 일부터 해나갔다. 아직 정해지지도 않은 프로젝트 방향 고민, 상대방이 뭐라고 할지 모르는 상황 걱정, 시작 전부터 멀리 내다보기 등 상상이나 감정이 앞서 나가는 일, 손에 잡히지 않는 일들은 줄여나갔다.

그러자 고민의 꼬리를 잡고 불안한 생각들로 번져가는 무의미한 시간도 갖지 않게 되었다. 이미 끝난 장면도 되감지 않게 되었다. 멈췄던 일상이 다시 작동하기 시작했다.

고양이는 후회하거나 뒤돌아보지 않는다. 과거의 실수에 집착하지 않고, 내일의 불안을 미리 품고 살지도 않는다. 그런 태도 때문에 그들은 늘 살아 있는 존재로 존재한다.

그런 모습을 관찰하다 보면 문득 깨닫게 된다. 나는 얼마나 과거에 발이 묶여 있었고, 주변의 시선에 얽매여 있었던가. 얼마나 미래에 먼저 마음이 들떴던가. 그러는 사이에 또 얼마나 많은 것들을 흘려보냈던가.

고양이처럼 살아가는 법.

그것은 자기감정에 솔직해지고, 미련을 끊어낼 수 있는 용기이며, 남의 시선과 주변 환경에서 나를 해방시키는 태도이다. 어제를 내려놓고, 내일을 유예한 채 오늘에 집중하는 연습이다.

우리는 너무 오랫동안 잘 보이려 애써왔고, 우리 안에 머물러 있는 감정의 실타래를 제때 풀지 못해 다시 뒤엉킨 실타래를 억지로 풀어내느라 오늘을 잃어버리고, 나를 잃어버렸다.

좋은 것만 돌아보기에도 인생은 그리 길지 않다. 지금을 살아내기에도 우리의 삶은 벅차다.

잡히면 잡고 아니면 놓아주자.

오늘의 삶이 당신의 삶이다.

감정의 찌꺼기는 그루밍으로 날려

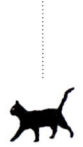

피할 수 없는 손님처럼, 스트레스는 불쑥 찾아온다. 세상과 부딪혀 살다 보면 나도 모르게 감정의 찌꺼기들이 쌓인다. 그것들이 어느샌가 마음을 무겁게 짓누른다.

나도 한때는 스트레스를 비교적 잘 흘려보내는 편이라고 생각했다. 힘들면 친구들과 밤새 웃고 떠들며 풀기도 하고, 때로는 술 한 잔으로 스트레스를 눌러 앉히기도 했다.

하지만 아침이 오면 해소된 줄 알았던 스트레스는 되레 몸 깊숙이 쌓여 어제의 자리로 돌아왔다. 결국 나는 위궤양 진단

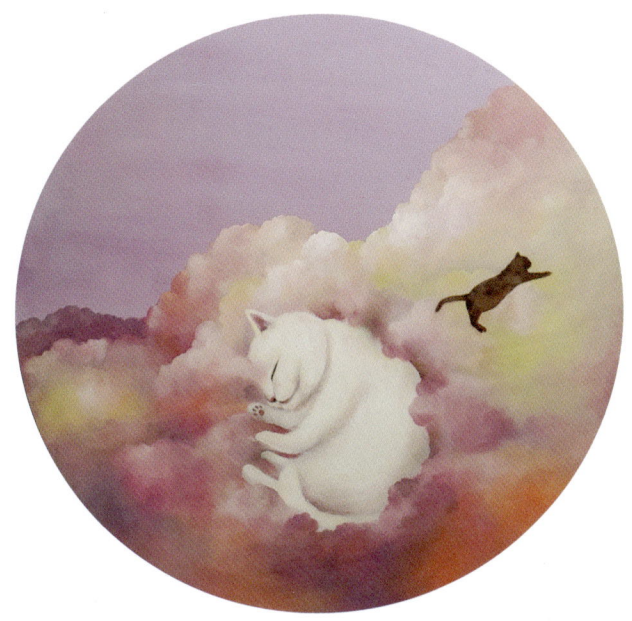

공중묘5_90X90(cm) Acryic on canvas 2024

을 받고 몇 달 동안은 약에 의존해야 했다.

나는 나를 전혀 돌보지 않았다는 것을 몸이 무너진 후에야 알았다.

감정의 짐을 제때 제대로 내려놓는 법도, 스스로 다독이는 법도 모른 채 바쁘게만 살아온 것이다.

그 무렵, 고양이를 관찰하면서 알게 된 사실이 있다. 고양이는 스트레스를 받으면, 조용히 몸을 말고 스스로 몸을 핥는다. 최대한 혼자만의 공간과 시간 속에서 하루를 정리하며 엉킨 털을 천천히 그루밍 한다.

그 모습은 단순한 몸단장이 아니라, 마치 명상하듯 마음을 다독이는 고요한 의식 같았다.

"괜찮아, 괜찮아…" 하며 내가 나를 다독이듯, 고양이의 그루밍은 온전히 자신을 위해 쓰는 시간이다.

세상의 소음과 거리를 두고, 자신만의 방식으로 스스로 어루만지는 그루밍 행동. 그 모습이 그렇게 단단하고 평화로워 보일 수 없었다.

나는 고양이의 그 단순한 동작에서 크게 위로받았다.

특별한 치유를 하지 않아도 무너지지 않고, 혼자 다독이면서도 충분히 단단해질 수 있다는 것. 그것이야말로 진짜 '감정 정리'라는 것. 나는 고양이의 그루밍 동작 하나에서도 삶의 지혜를 배웠다.

우리는 고양이처럼 간소한 삶을 이어가지 못한다. 너무 바빠서, 너무 눈치 보느라, 너무 멀리 뛰느라, 그루밍 할 시간을 잊은 채 버텨낸다.

위궤양 진단을 받았던 그때의 나도 앞으로만 내달리며 나를 돌아볼 여유를 갖지 못했다. 그냥 버티기만 하면 되는 줄 알았다.

낭떠러지로 굴러떨어진 뒤에야 나를 온전히 돌볼 시간, 나만의 그루밍, 나만의 회복 루틴이 필요하다는 것을 알았다.

지친 하루의 끝에서 향이 좋은 따뜻한 차를 천천히 우려 마시거나, 창밖을 바라보며 마음을 쉬게 해주는 것. 스마트폰을 내려놓는 것. 좋아하는 음악을 들으며 책을 읽는 것. 반신욕으로 온몸을 맡기고 피로를 풀어주는 것.

내가 좋아하는 작은 것들을 하나씩 실행하는 것만으로도

마음속 뒤엉킨 실타래가 조금씩 풀리기 시작했다.

그루밍은 크고 거창한 게 아니다. 단 몇 분간이라도 내 감정과 마주 앉아 숨을 고르며 어루만지고 다독여 주는 것. 그 짧은 시간이 나를 무너지지 않게 지켜주는 힘이 되었다.

감정의 찌꺼기들을 켜켜이 쌓아두지 말고, 고양이처럼 가볍게 털어내 보자.

오늘의 긴장을 오늘 안에 풀어주는 것. 그것이 내일을 조금 더 부드럽게 살아가는 방법이다.

완벽하지 않아도 괜찮아

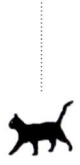

나는 ADHD다.

정식 진단을 받았고, 지금도 여전히 그 안에서 살아간다. 주의력이 쉽게 흐트러지고, 자주 멍하니 딴생각에 빠진다. 남들에겐 작고 사소한 실수가 나에겐 매일 반복되는 게 현실이다.

어릴 적에는 책가방을 두고 실내화 가방만 들고 등교하거나, 숙제를 해놓고 가방에 넣지 않은 채 학교에 간 적도 많았다. 그때는 웃고 넘길 수 있었지만, 크고 나서는 핸드폰, 지갑, 열쇠, 중요한 물건들을 자주 잃어버렸다.

한 가지에 집중하면 다른 건 까맣게 잊어버리고, 대중교통을 타면 종점까지 가버릴 때가 다반사였다.

말을 하다가도, 내가 무슨 말을 하고 있었는지 잊어버릴 때가 많았다. 자꾸만 놓치는 나 자신이 미워지기도 했다.

대화 중에도, 내가 무슨 목적으로 말을 하고 있는지 갑자기 떠오르지 않는 일도 많았고, 노트를 펴 보면 글보다는 알 수 없는 낙서들이 가득했다.

어린 시절엔 혼나기 일쑤였다.

"왜 또 그래?"

"정신 좀 차려."

무엇이 문제인지 설명할 수도, 이해받기도 어려웠다.

나는 늘 혼자 속으로 자책했고, 다른 사람들과 조금 다른 나를 자꾸 감추려 했다.

유일하게 단점이자 장점은 어떤 것에 몰입하면 끝을 볼 때까지 빠져드는 과몰입 증상도 있다.

일주일간 처방받은 약을 복용한 적도 있었지만, 의존하는 것이 불편해서 스스로 멈췄다.

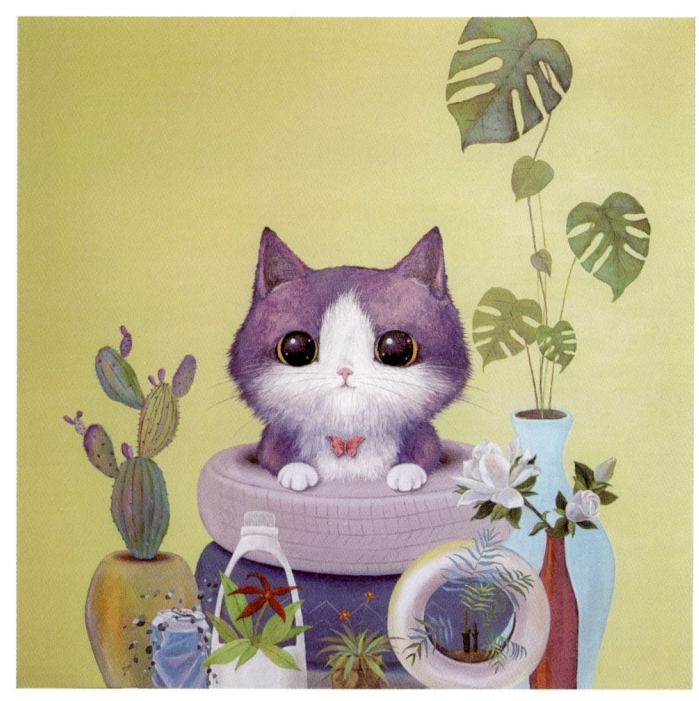

화분과 고양이4_91X91(cm) Acryic on canvas 2023

대신에 나는 완벽하지 않아도 괜찮다고, 조금 서툴러도 살아갈 수 있다고 조심스럽게 내 삶을 받아들이기로 했다.

그래서 조금씩 방식을 바꿔 노력해 나갔다.

핸드폰은 목에 걸고 다녔고, 지하철 알람을 설정해 놓거나, 택시 앱에 목적지를 미리 입력했다.

물건은 최대한 단순하게 정리했고, 그러고도 잃어버리면 더이상 자책하거나 속상해하지 않고 '이제 놓아줄 때가 됐나 보다' 하며 가볍게 넘기기도 했다.

말이 엉키면 천천히 다시 꺼냈고, 하루를 복기하면서 조금씩 정리해 나갔다.

사실 이렇게 살아가는 건 꽤 피곤한 일이다. 머릿속은 늘 분주하고, 집중 모드에 들어서려면 끊임없이 마음을 다잡아야 한다. 평범한 일상조차도 종종 전투처럼 느껴진다. 자꾸 놓치고, 헷갈리고, 늦어지는 삶이 어떻게 보면 참 치열하고 애틋하다.

그래도 받아들이고 방향을 바꾸니, 어지러웠던 삶이 조금씩 제자리를 찾아 정리되어가는 중이다.

요즘엔 유전적인 ADHD뿐 아니라 불면과 피로, 과도한 정보 속에서 일시적 산만함을 겪는 사람들이 많다.

그래서인지 SNS 댓글 창엔 경험담과 삶의 크고 작은 고충들이 가득하다.

상담을 받았을 때 선생님은 이렇게 말씀해 주셨다.

"ADHD는 부족한 게 아니라, 다르게 살아가는 방식일 뿐이에요. 조금 더 훈련하고 익숙해지면 누구보다 창의적인 시선을 가질 수 있어요. 특히 예술가, 기획자, 창업가들 중에는 ADHD를 가진 사람이 많아요."

그 말은 위로가 되었고, 나에게 작은 용기를 건네주었다.

어느 날, 고양이가 물을 마시러 가다 벌레를 쫓아간 후, 다시 돌아오지 않는 모습을 보게 되었다.

'아, 나 같은 애가 또 있구나.'

그 장면은 마치 같은 부류의 생명체를 만난 것 같은 이상한 위로가 되었다.

과몰입하고 주의력이 금방 전환되는 고양이를 보면 고양이도 ADHD가 아닐까 하는 생각이 들기도 한다.

고양이와 생활하면서 크게 배운 것 중 하나는 완벽하기 위해 애쓰지 않는다는 것이다.

고양이는 장롱에서 뛰어내리다 미끄러져도, 점프에 실패해 우스꽝스럽게 털썩 주저앉아도, 마치 아무 일 없다는 듯 조용히 몸을 털고는 태연하게 자기 길을 간다.

고양이는 이렇게 말하는 것 같다.

"뭐 어때? 그럴 수도 있지." 그리고는 다시 시도한다.

고양이는 넘어지고 미끄러져도 지나고 나면 다 별일 아니라고, 그 자리에서 다시 여유롭게 걷는 법을 우리에게 일러준다.

모든 것을 잘하지 않아도 괜찮다.

어딘가 조금 모자라 보이거나 느려도, 때로는 멍하니 머무르거나 돌아가더라도, 나를 미워하지 않고 '있는 그대로'의 나를 받아들여 내 일부로 껴안는 순간, 비로소 우리는 고양이처럼 우아하고 담담한 존재가 될 수 있다.

오늘도 애쓰며 살아내고 있는, 모든 '조금 다른' 우리에게 전하고 싶다.

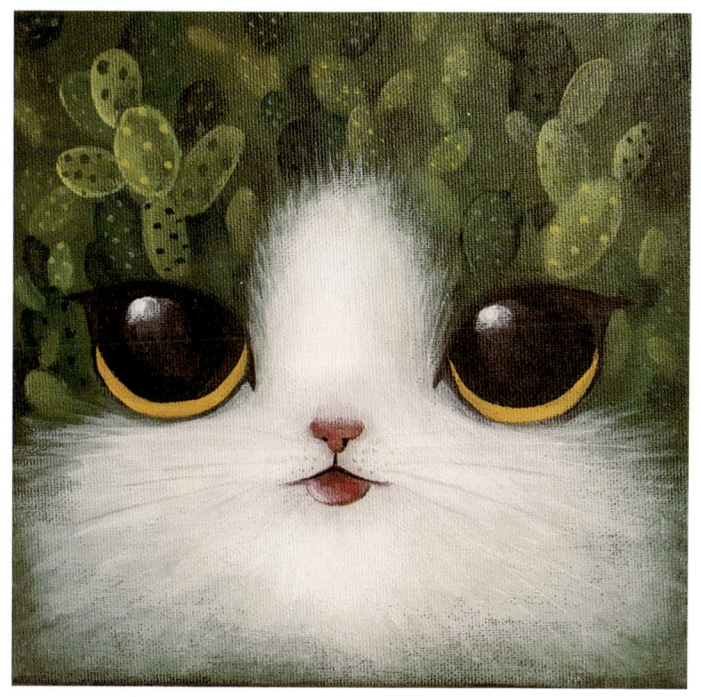

선인장2_18X18(cm) Acryic on canvas 2024

완벽하지 않아도 괜찮다.

삶은 원래 그런 것이니까.

고양이는 그런 진실을 매일 우리에게 조용히 보여주고 있다.

상처 따윈 마음에 담지 말고 골골송 부르기

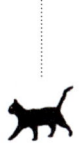

살다 보면 남의 말과 기준에 휘둘리고 사회의 평가에 민감할 때도 많다.

누군가의 무심한 말 한마디, 온라인의 차가운 댓글 하나에도 깊은 상처를 입는다. 때로는 그 상처가 너무 깊어 삶을 놓아버리는 안타까운 일도 일어난다.

그 차가운 평가의 말들이 꼭 나를 향한 것이 아닐 수도 있는데 말이다. 우리는 그것을 마치 정답처럼 진지하게 받아들인다. 그리고 마음 깊숙한 곳에까지 쿡 새겨넣곤 한다.

나 역시 예외는 아니었다. 어릴 적 발표 시간에 겪었던 트라우마는 꽤 오랫동안 나를 따라다녔다.

모든 날카로운 시선이 나를 향하는 것 같았고, 그날 이후 무대는 늘 두려운 공간으로 남았다. 이성으로 통제할 수 없는, 몸이 먼저 기억하는 두려움.

지금 생각해보면, 어떤 시선들은 단지 멍하니 앉아 점심 메뉴를 떠올리고 있었을지도 모른다. 나 역시 관객일 때는 온통 딴생각으로 가득했던 적이 있었으니까.

어쩌면 나는 굳이 담아 두지 않아도 될 감정을 어떤 의미로 덧칠하고, 나만의 해석으로 마음에 눌러 담았는지도 모른다.

고양이는 그런 감정을 붙잡아두지 않는다.

창문에 이마를 찧고도 아무렇지 않게 털을 고르며 다시 우아하게 돌아선다. 불쾌한 말 앞에서도 털끝 하나 까딱하지 않고 유유히 자리를 뜬다. 실수도 당황도, 그저 스쳐 지나가는 하루의 한 장면일 뿐이라는 듯 말이다.

고양이가 기분 좋을 때 가르랑(Purring) 거리며 내는 '골골송'은 사실 고양이 자신을 치유하는 진동이기도 하다.

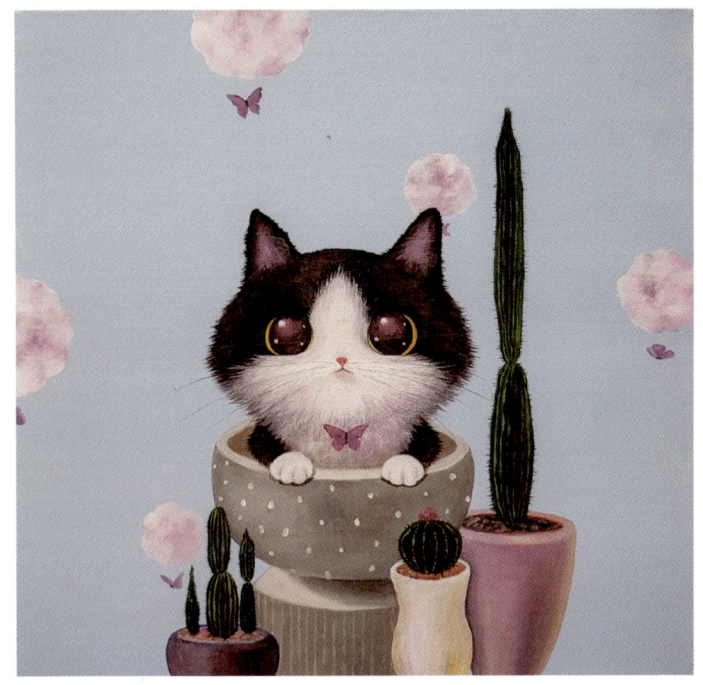

화분과 고양이5_53X53(cm) Acryic on canvas 2023

연구에 따르면 골골송의 낮은 주파수는 사람의 뼈와 조직의 회복을 돕고, 긴장을 완화하는 효과도 있다고 한다.

고양이의 작은 몸에서 나오는 골골송이 우리 마음까지도 조용히 어루만진다는 사실에 깊은 위안이 느껴진다.

같은 꽃을 보아도 사람마다 반응이 다르듯, 세상의 시선이나 평가는 언제나 제각각이다. 예쁜 꽃을 싫어하는 사람도 있다. 아무 이유 없이, 혹은 이유를 억지로 만들어서라도 말이다.

그러니 누군가의 판단이나 평가는 그저 그 한 사람의 생각일 뿐, 나의 정체성과 연관 지을 필요도 없다.

우리는 종종 진지함을 성숙함이라 여기지만, 고양이의 백치미 같은 가벼움이 어쩌면 더 어른스러운 태도일지도 모른다.

고양이들은 감정의 먼지를 쌓아두지 않는다. 스스로 몰아붙이지 않고, 판단에 무게를 달지 않는다. 몸짓의 실수도 웃어넘길 줄 알고, 불필요한 감정에는 에너지를 쓰지 않는다.

그런 태도에는 남의 시선에 휘둘리지 않는 자기 확신, 부정의 감정을 흘려보낼 줄 아는 지혜가 있다. 털 한 올의 무게처럼 가볍게 털어내고 일어서는 것. 그 안에 가장 단단한 용기가 숨어 있다.

살다 보면 상처는 반복되고, 잊으려 해도 몸이 먼저 반응할 때가 있다. 그럴 때는 가만히 고양이를 떠올리자. 조용한 눈빛, 한결같은 자세, 그리고 상처를 껴안되 묻어두지 않는 태도.

우리가 고양이에게 배워야 할 것은 모든 걸 안고 가려는 깊이의 무거움보다, 굳이 가져가지 않아도 될 것들은 흘려보낼 줄 아는 여유다.

고양이처럼 조금은 덤덤해져도 괜찮다. 누군가의 불편한 말에 마음을 다 내놓지 않아도 괜찮다. 실수도, 창피함도, 상처도 가볍게 웃어넘길 수 있다면 그건 이미 성장했다는 징표다.

상처를 모른 척할 게 아니라 그것을 꺼내 놓고 받아들이는 법을 아는 것. 그것을 밝혀내어 사랑으로 감싸 안는 것. 이제 불필요한 소음은 끄고, 고양이처럼 나만의 골골송을 불러보자.

어쩌면 그것이 진짜 치유이고 회복이며, 고양이가 우리에게 조용히 가르쳐주는 오래된 지혜일지 모른다.

유연한 회복 탄력성

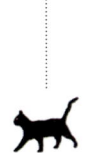

고양이 '액체설'이 있다.

고양이는 마치 액체처럼 흐르는 듯 어떤 공간에도 스며들고, 나오기가 불가능해 보이는 틈에서도 유연하게 빠져나온다. 그런 모습에 어쩌면 뼈가 없나 싶을 정도의 탄성이 터진다.

고양이는 좁디좁은 난간을 걷고, 드높은 담장 위에서도 가볍게 방향을 튼다. 이는 단지 유연하기만 한 것이 아니라, 어디로든 흐르면서 무너지지 않을 '자기중심'이 있다는 증거다.

고양이는 움직이지 않을 때조차 그 안에 조용한 긴장이 흐른다. 그는 한 발을 내딛기 전, 조심스럽게 세상을 바라보고 균형을 가늠한 뒤에야 유유히 몸을 움직인다.

나에게 가깝던 이들이 갑자기 차례로 세상을 떠났던 시기가 있었다. 그 사건은 한동안 내 일상의 균형을 완전히 무너뜨렸다.

충격이 너무 커서 손은 떨리고, 아무리 깊게 숨을 내쉬어도 가슴이 조여왔다. 믿기지 않는 마음에 새벽까지 잠들지 못하고, 몇 번이나 같은 사람에게 전화를 걸었다. 혹시 꿈이 아닐까, 혹시 오해가 아닐까 하는 마음으로.

수화기 너머로 가족분의 목소리가 들려왔다.

"너무 슬퍼하면, 좋은 곳으로 못 간대요. 잘 보내줄 수 있도록 기도해주세요."

그 말에 나는 조용히 울었다.

슬픔이 짓누르던 시간을 쓸어 내지 않고, 나는 조심스레 마음을 정리해보았다.

모두가 결국은 떠나는 길 위에 길손처럼 있다는 것, 다만

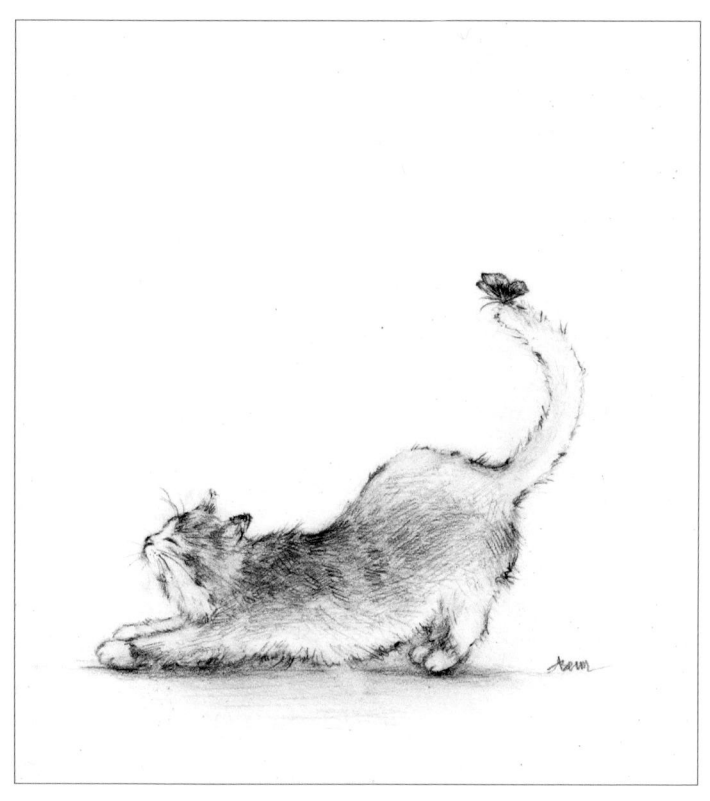

나만 없어 고양이7_Pencil on paper 2025

떠나는 순서와 시기에 차이가 있을 뿐이라는 것. 그 진실을 받아들이는 데에 오랜 시간이 걸렸다. 그리고 어느 순간 나는 울음 대신 기도를 택했다.

슬픔이 서녘 해와 함께 넘어간 마음에는 좋았던 기억만 남겨두기로 했다. 그것이 그들을 위한, 그리고 나를 위한 조용한 이별이었다.

그때 깨달았다. 회복은 무언가를 극복하는 것이 아니라, 상처를 껴안고도 살아가는 법을 배우는 것이라고.

우리는 슬픔 앞에서 쉽게 무너진다. 실패에 깊이 매달리고 기쁨마저 오래 즐기지 못한다. 일상은 불안의 질주를 이어간다. 그러다 지치고 고장이 나서야 멈춰 선다.

고양이는 실수에 멈칫하지 않고, 고통을 늘려 잡지도 않는다. 그것은 무심함이 아니라, 자기 삶에 대한 유연한 존중이다.

우리의 삶은 언제든 흔들릴 수 있다. 그러나 흔들림 가운데서도 무너지지 않을 중심이 있다면 다시 나의 길을 갈 수 있다.

고양이가 침묵으로 일러준다. 진짜 회복이란, 다시는 아플 일이 안 생기는 것이 아니라, 아픔을 받아들이고도 나답게 살아가는 힘이라고.

그리고 그 힘은 가장 부드럽고, 가장 고요하며, 가장 깊은 내면에서 피어나는 것임을.

흘러가되 휘둘리지 않고, 기울되 무너지지 않으며, 떠나보내되 잊지 않는 것.

그것이 바로 고양이처럼 유연하고 탄력 있게 살아가는 회복의 태도다.

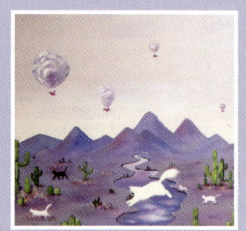

4장

생존의 품격, 날카로운 그러나 나른한 삶

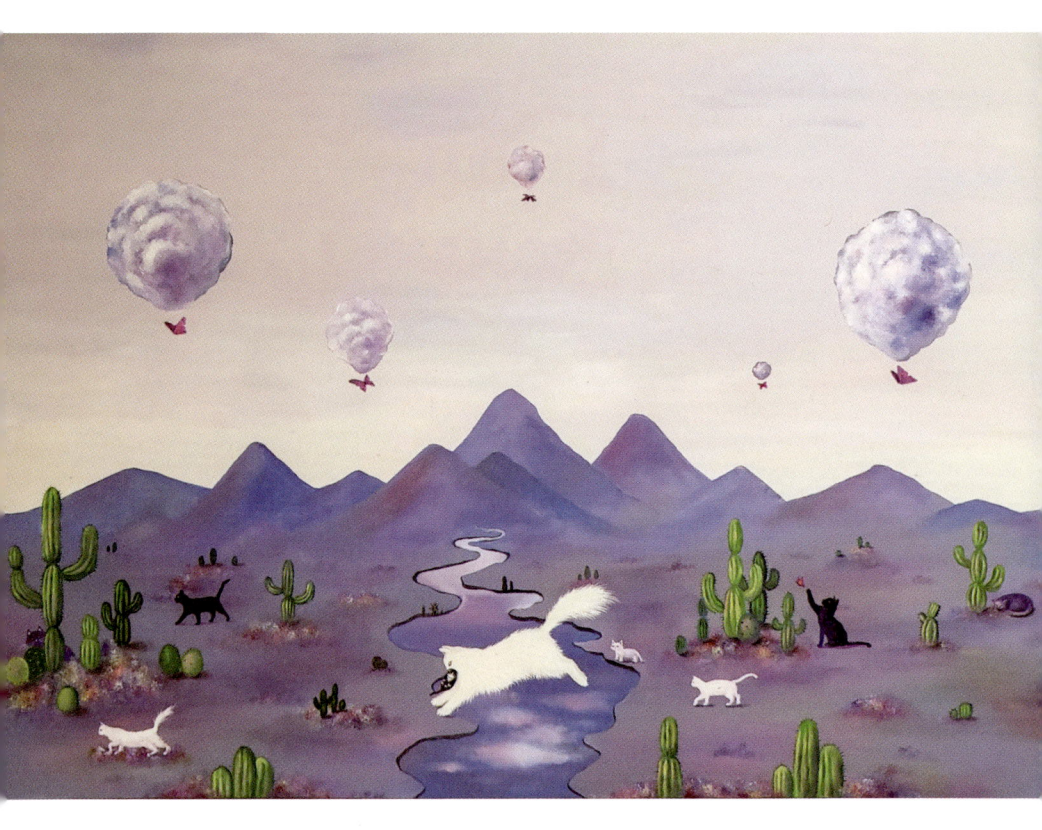

생존력3_117X91(cm) Acryic on canvas 2023

단순한 일상 루틴의 힘

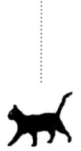

고양이의 하루 루틴은 정해져 있다.

정해진 시간에 밥 먹고, 햇살 좋은 오후에는 조용히 낮잠을 잔다. 밤이 되면 가벼운 사냥놀이로 하루를 마무리한다. 그 단순한 루틴만으로도 고양이는 언제나 편안하고 여유롭다.

물론 예술가들의 삶은 고양이들의 단순한 루틴과는 거리가 멀다. 각자 독창적 작품 활동을 위한 자신만의 루틴을 가지고, 다양한 방식으로 하루를 보낸다.

나는 일정한 습관대로 사는 삶이 답답하게 느껴져 루틴대로 살아가는 사람들을 보면 신기하다고 여겼고, 나에게 루틴은 필요 없다고 생각했다.

하지만 어느 순간부터 일정이 빠듯해지면서, 일정을 감당하기에는 마음도 몸도 점점 더 버거워졌다. 내가 주도하는 삶이 아니라 그저 따라가기에 바쁜 나날이 계속됐다. 그대로라면 금세 지쳐버릴 것만 같았다.

가만히 돌아보니, 바쁜 와중에도 중심을 잃지 않고 삶을 주도하는 사람들에겐 일정한 루틴이 있었다.

저녁마다 걷는 산책, 새벽에 글쓰기, 일요일마다 들르는 아지트, 사람들을 한 번에 만나는 일정 조율, 택시 안에서 처리하는 통화, 하루를 여는 커피 한 잔과 음악 듣기 등등.

무라카미 하루키는 매일 새벽 4시에 일어나 그 시각부터 오전 6시간 동안 글을 쓴다. 오후에는 10km 이상 달리기를 하고, 이후에는 책을 읽고 음악을 감상하며 휴식을 취한다. 그리고 밤 9시에 잠자리에 든다. 그는 수십 년 동안 그래왔다고 한다.

사람들은 종종 무언가 크고 위대한 성취에는 단순한 루틴

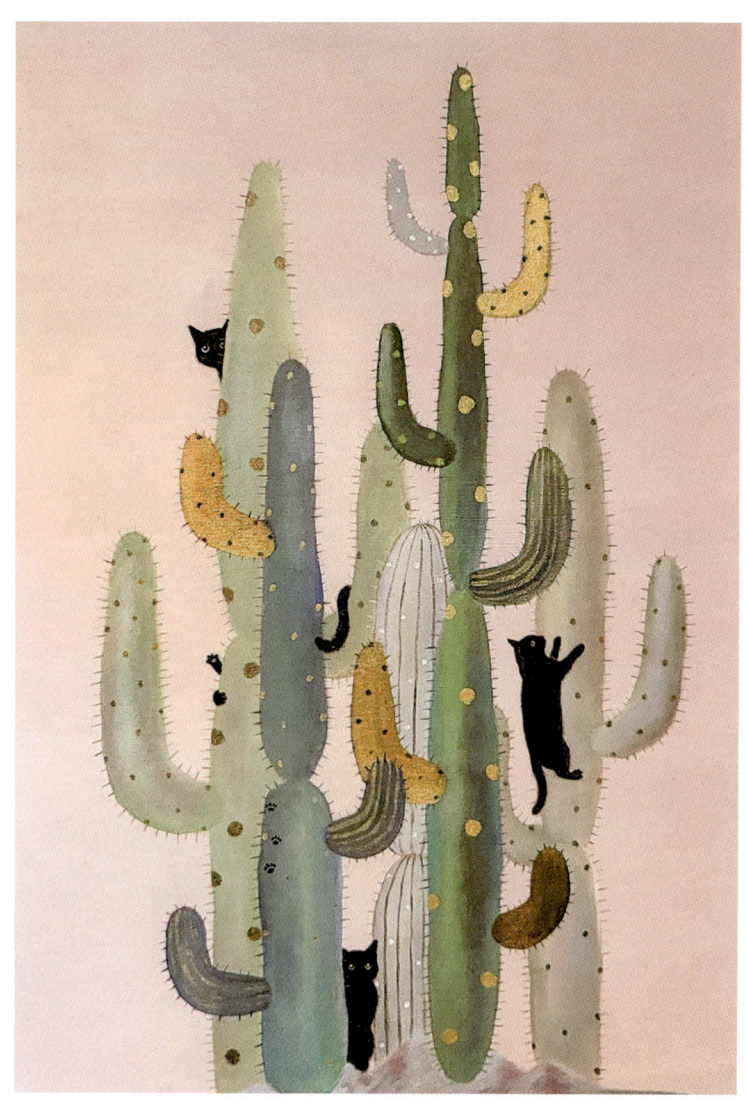

선인장 고양이8_57X70(cm) Acryic on canvas 2024

보다 어떤 특별함이 숨어 있을 거라 믿는다.

하지만 삶의 어느 지점에서 단단한 성과를 이룬 이들을 들여다보면, 복잡하지 않은 자신만의 루틴을 실행한 사람들이었다.

반면에 '해야 한다'는 이유 하나만으로 삶의 시간을 살아낸 사람들이 있다. 어렵던 시절의 부모님 세대가 그랬다.

그 세대의 사람들은 거창한 꿈을 좇기보다 그저 하루를 살아내기 위해 자신의 루틴을 지켜야 했다. 하지만 반복되는 하루하루의 루틴이 모여 어느새 커다란 업적이 되기도 했다.

루틴은 성공을 위한 도구가 아니다. 그보다는 마음을 지탱해주는 단단한 기둥이다. 자신의 리듬에 맞는 루틴대로 묵묵히 하루를 시작하고 일과를 마무리하는 것, 매일 해내기는 어려워도 그것이 가장 확실한 힘이 된다.

그래서 나도 더 지치기 전에 하나씩 루틴을 만들어보기로 했다. 아침에는 모닝커피로 잠을 깨우고, 그림 작업은 집중이 잘 되는 시간대에 하고, 전시 일정과 개인 일정을 나누고, 글은 자기 전에 쓰고….

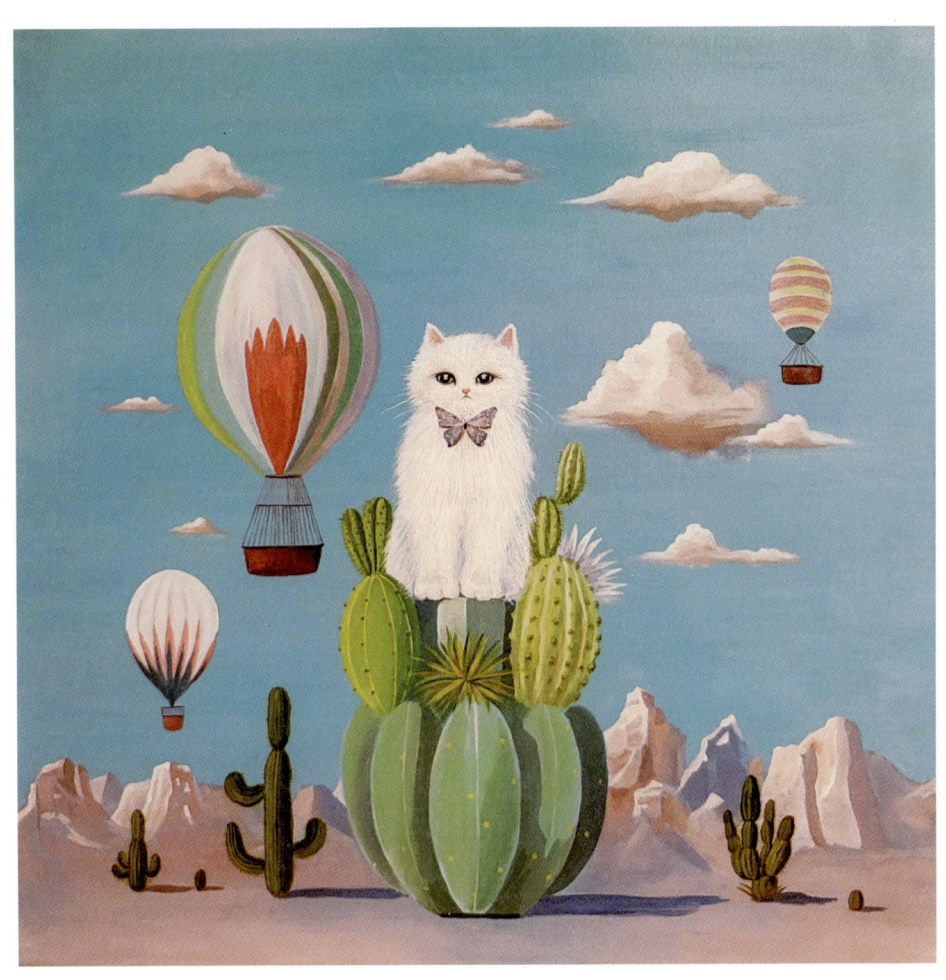

몽상가4_60X60(cm) Acryic on canvas 2023

나만의 루틴을 만들고부터 아무리 사소한 일에도 단 10분을 다르게 쓰는 습관이 생겼다.

　대중교통을 이용할 때나 택시 뒷좌석에 앉을 때면 읽고 싶었던 책을 읽거나, 중요한 연락과 이메일을 빠짐없이 확인한다. 혹은 아무것도 하지 않고 눈을 감은 채 잠깐의 숨 고르기로 나에게 용기를 불어넣는다. 이를테면 '오늘 왠지, 굉장히 좋은 일이 생길 것 같은데' 하며 내게 축복을 보낸다. 별것 아닌 말 같아도, 자신을 축복해주는 말이 의외로 큰 힘이 되기도 한다.

　그렇게 작은 습관들이 하나씩 자리를 잡아가고 있다. 하루하루 조금 더 충실해지고, 작은 뿌듯함이 켜켜이 쌓여간다. 소소한 루틴들이 내 삶의 결을 예쁘고 단단하게 바꾸기 시작했다.

　고양이처럼 단순한 일상 루틴으로, 자신만의 리듬으로 살아보는 건 어떨까.

　그것만으로도 우리의 삶은 훨씬 더 부드럽고, 여유롭고, 깊어질지도 모른다.

고양이처럼 몰입한다

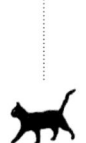

SNS나 언론 매체를 접하면, 막대한 부를 이룬 사람들의 인터뷰가 많이 보인다. 그들 대부분이 말한다.

"돈을 좇은 게 아니에요. 그저 좋아하는 일에 진심을 다했을 뿐입니다."

책임감 있게 몰입해서, 오롯이 자신이 하고 싶은 일에 집중했더니 부는 자연스럽게 따라왔다는 것이다.

문득 고양이가 떠오른다. 무언가를 깊이 응시할 때의 고양이는 세상의 모든 소음을 잠시 꺼놓은 듯한 눈빛을 띤다. 몸을 낮춰 바닥에 바짝 엎드리고, 귀는 쫑긋 세워 사방의 기척을 감지하고, 긴장감으로 팽팽해진 꼬리는 직선으로 바닥을 스친다.

그 짧은 순간, 고양이가 몰입하는 세계는 단 하나의 목표로 가득 찬다. 그게 장난감이든, 작은 곤충이든 상관없다. 고양이에게 정말 중요한 것은 무엇을 향하는가가 아니라, 어떻게 목표에 몰입하는가이다.

놀라운 건, 그런 몰입이 어떤 각오나 다짐 없이도 자연스럽게 이루어진다는 사실이다. 거창한 결과를 상상하지 않고, 이미 선택한 것을 비교하지도 않고, 오직 하나의 목표에 집중하느라 지금 이 순간에 깨어 있다. 그 날카로운 몰입 속에 엄청난 에너지를 뿜어낸다.

고양이의 움직임엔 흐트러짐 없는 집중과 선택이 담겨 있다. 그는 하고 싶은 일과 해야 할 일 사이에서 갈등하지 않는다.

그에겐 단순한 원칙 하나가 있다.

"지금 하고 싶은 일이 가장 중요한 일이다."

그래서 고양이에게 잘된 선택인지 남들이 뭐라고 여길지

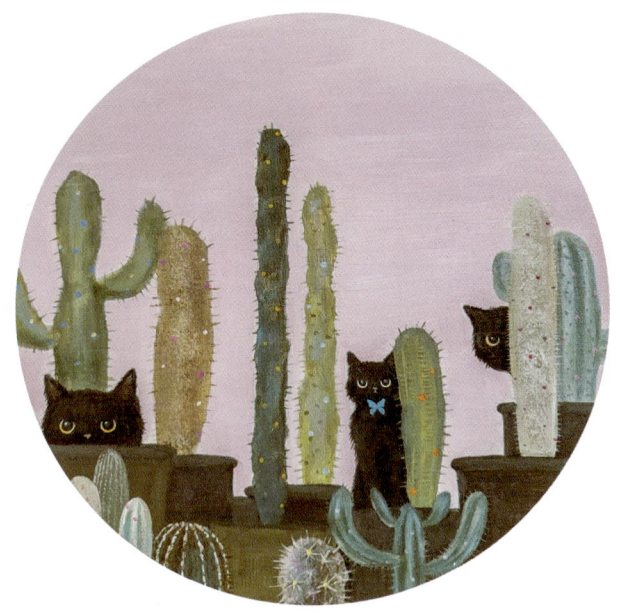

선인장 고양이3_30X30(cm) Acryic on canvas 2023

는 관심 밖이다. 그저 자신의 감각을 믿고 망설임 없이 움직일 뿐이다.

고양이의 집중력은 의식적인 훈련이 아니라, 가장 순수한 자기 확신에서 비롯된다.

고양이들은 안다. 자신이 원하는 방향으로 나아가고 싶을 때 외부의 소음은 잠시 꺼두고, 내 안의 목소리에 귀 기울이면, 길은 자연스럽게 열린다는 것을.

우리는 복잡한 자의식 속에서 살아간다. 머릿속은 거창한 계획과 판단, 비교와 타인의 시선이 엉켜 늘 분주하다. 그러는 사이 '내가 진짜 원하는 것'은 점점 흐릿해진다.

몰입하고자 했던 것은 어느 순간 무거운 책임감으로 변하고, 꿈은 형식에 그치고, 하고 싶은 일은 어느새 '보여야 할 일'이 되어버린다.

나 역시 그랬다. 한때는 내가 원하는 방향이 아니라, 타인의 시선을 따라 보여야 할 방향으로 발걸음이 옮겨가 있었다.

그러다 보니 어느새 목적지도 잊은 채 정처 없이 내달렸고, 목적지에 이르러서야 뒤늦게 깨달았다. 이 길은 나와 맞지 않

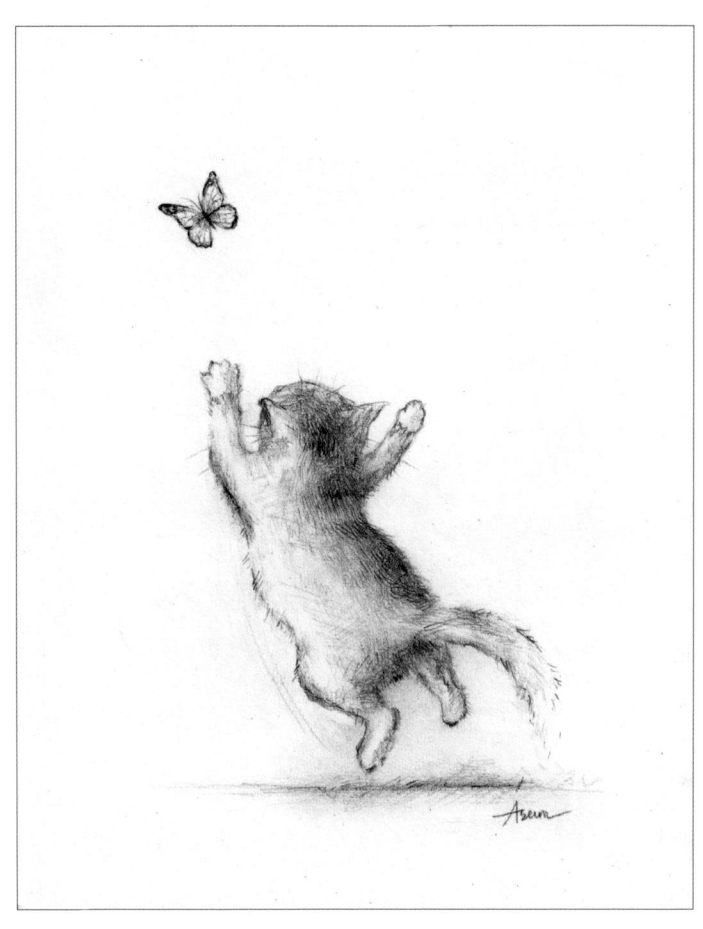

나만 없어 고양이7_Pencil on paper 2025

는다는 것을, 애초에 내가 원한 방향이 아니었다는 것을.

어느 날 우연히 배우 조승우의 인터뷰를 보면서, 문득 이런 생각이 들었다.

'조승우는 배우가 아니었으면 뭘 했을까?'

그에게 너무도 잘 맞는 옷을, 그가 너무 자연스럽게 입은 듯 보여 그런 의문이 들었던 것 같다.

자신이 가장 잘할 수 있는 일에 온전히 몰입할 수 있을 때, 비로소 그 사람만의 날이 세워지고, 모든 에너지가 시너지가 되어 흐르는 것 아닐까.

나도 결국은 돌아 돌아, 내가 진심으로 원하는 일에 몰입하기 시작했을 때 비로소 느낄 수 있었다. 같은 흐름을 타는 강물처럼 도리어 더 빠르게, 더 가볍게 앞으로 나아가고 있다는 것을.

어쩌면 가고 싶었던 길은 늘 그 자리에서 열려 있었는지 모른다.

그러니 소란스러운 복잡한 자의식을 잠시 내려놓고, 고양이처럼 외부의 소음을 잠시 꺼두고, 내 안의 목소리에 귀 기울이며 '지금 여기'에 집중해 보자.

우리 안의 가능성은 몰입할 때 비로소 잠들어 있던 에너지가 온전히 깨어나 100% 발현된다.

몰입은 언제나 '해야만 하니까'가 아니라 '정말 하고 싶어서' 시작되는 것이다.

눈치 100단, 조용한 통찰력

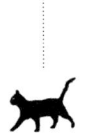

예전에 함께했던 고양이를 떠올리면, 가장 선명하게 남아 있는 장면이 있다. 그 아이를 떠나보내는 날이었다.

잠시 맡아 키우던 아이를 다시 원래 주인에게 돌려보내던 날, 어쩐 일인지 평소와 달리 소파 밑에서 나오지 않았다. 미쳐버릴 듯 좋아하던 간식 츄르도 거부했다. 눈을 반짝이며 관심을 주던 레이저 장난감에도 반응이 없었다.

그리고 처음이자 마지막으로 나를 향해 "그만해!" 하며 하악질을 했다. 무언가를 알아차린 것일까. 자신을 지키려는 몸짓이 너무도 강렬하게 다가왔다.

그때 그 아이의 상처가 고스란히 전해져와 마음이 찢어질 듯 아팠던 기억이 또렷하다.

고양이는 집 떠나야 할 날을 도대체 어떻게 눈치챈 것일까.

지금 키우는 고양이와는 가끔 잡기 놀이를 한다.

때로는 그 아이가 먼저 놀자고 달려들지만, 놀고 싶지 않은 날에는 내가 다가가기만 해도 가만히 멈춰서서 내 동선을 살피고는 어느 순간에 쏜살같이 도망친다. 내가 무엇을 하려는지, 놀라울 만큼 눈치가 빠르다.

고양이의 눈빛은 침묵으로 많은 것을 말해준다.

침묵을 무기 삼아 먼저 나서지 않는다. 주변을 조용히 오래 관찰한다. 움직임은 적지만 눈빛은 한순간도 흐트러지지 않는다. 귀는 미세한 소리에도 반응하며, 몸은 나른해 보여도 감각은 언제나 깨어 있다. 고양이의 세상 읽는 감각은 절제 속에서 더 날카롭게 빛난다.

통찰은 바로 그런 '기다림'과 '여백'에서 시작된다. 고양이에게 배우는 통찰의 기술은 거창하지 않다. 그것은 말보다 시선에서, 반응보다 자세에서, 속도보다 여백에서 자라난다.

사람들은 가끔 나를 보며 농담처럼 "돗자리 깔아도 되겠어요" 하며 말하곤 한다.

별생각 없이 던진 말이 가끔은 디테일까지 맞아떨어져, 나 자신도 깜짝 놀랄 때가 있다.

생각해보면, 그림 그리는 사람들은 관찰력이 남다르다. 보이는 것들을 그냥 흘려보내지 않고, 무심한 듯 바라보면서도 빠짐없이 포착하는 습관에 익숙해 있기 때문이다.

아마 내가 미처 알아차리지 못하는 사이에도, 그런 관찰의 힘이 작동하고 있었던 건 아닐까 하는 생각이 든다.

통찰이란 판단하기 전에 오래 바라보는 능력이다. 무언가를 이해한다는 건 먼저 충분히 본다는 데서 출발한다.

철학자 하이데거는 이렇게 말했다.

"보이지 않는 것을 보기 위해서는, 존재하는 것을 충분히 볼 줄 알아야 한다."

우리는 너무 빨리 결론을 내리려다 정작 중요한 것을 놓치고 마는 경우가 흔하다.

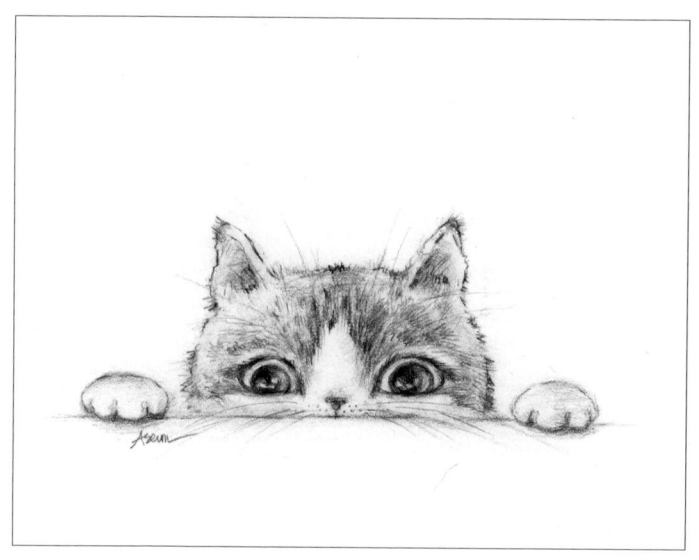

나만 없어 고양이9_Pencil on paper 2025

우리는 살아가며 수많은 선택의 갈림길 앞에 선다. 말 한마디, 한 번의 행동, 어떤 결정을 내리는가에 따라 삶은 예상치 못한 방향으로 흘러간다. 답은 단순한 정보나 지식만으로는 충분하지 않다.

살면서 마주하는 수많은 감정. 누군가의 말에 상처받고, 뜻하지 않은 오해에 얽히고, 때로는 자신의 감정조차 이해되지 않을 때 통찰은 우리를 한발 물러서게 해준다.

"지금 이 상황은 나에게 무엇을 말해주고 있는가?"

"상대방의 말 속에는 어떤 사연이 있는가?"

이렇게 질문을 던지고 조용히 들여다보는 힘. 그것이 통찰이다.

통찰력은 드러난 현상 뒤에 숨어 있는 본질을 보는 눈이다. 그 본질을 알아차릴 때, 우리는 더 깊은 생각으로 온전한 선택을 할 수 있게 된다.

고양이는 감정을 천천히 움직인다. 화를 낼 때도, 애정을 표현할 때도 조급해하지 않는다. 그들의 감정은 응축되어 있다. 그래서 더 깊고, 더 강하게 다가온다.

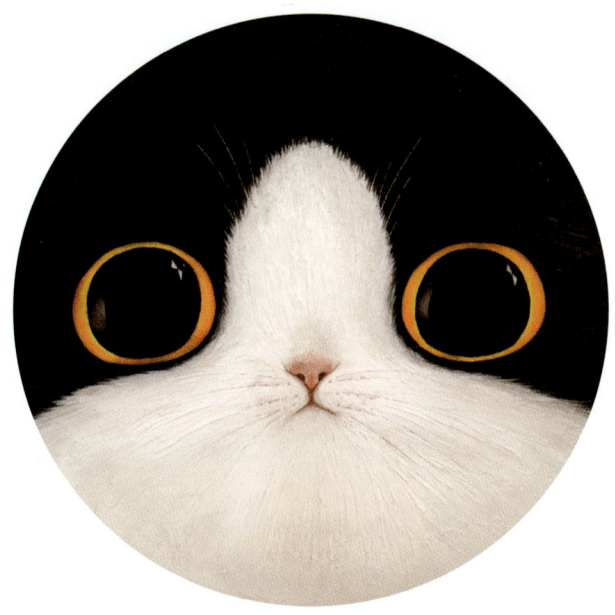

페르소나1_30X30(cm) Acryic on canvas 2025

깊은 생각은 늘 느림에서 피어난다. 느림은 사유를 깊게 만들고, 깊은 사유는 결국 통찰로 이어진다. 통찰이란 모든 것을 받아들이되 그 안에 빠지지 않는 상태다.

감정과 생각, 사건을 단순히 '지켜보는' 연습. 그 속에서 우리는 어느새 중심을 되찾는다.

통찰은 완벽을 추구하는 것이 아니라, 불완전함 속에서도 본질을 알아보는 능력이다. 그러므로 결핍과 실수에서 더 깊은 진실이 보이기도 한다.

결국, 통찰이란 고양이처럼 살아보는 것. 말보다 침묵을, 속도보다 여백을, 정답보다 질문을 택하는 삶.

우리는 이미 너무 많은 것을 알고 있다. 그러니 이제는 고양이처럼 모른 채, 세상 바라보는 법을 배워야 할 때다.

무언가를 바꾸려 애쓰기보다 조용히 바라보고, 느리게 생각하고, 깊게 받아들이는 연습. 그 안에서 통찰은 자란다.

지금 이 순간, 지금 여기

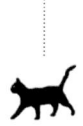

아침에 눈을 떴을 때, 당장 내일이 캄캄하게 느껴졌던 날이 있다. 누구에게나 인생의 고비는 예고 없이 찾아온다. 나 역시 그랬다.

무엇이든 해낼 것 같던 자신감은 한순간에 무너졌고, 하루를 성실히 살아내면 언젠가는 닿을 거라 믿었던 그 지점은 더욱 멀게만 느껴졌다. 모든 것이 정반대로 흘러가는 기분이었다.

그렇게 한참을 멍하니 앉아 있었던 어느 날, 고양이가 느닷없이 놀아달라며 장난감을 입에 물고 다가왔다.

"지금은 너랑 놀 시간이 아니야."

나는 단호하게 말했고, 고양이는 미련 없이 등을 돌렸다. 그러고는 혼자 거실로 나가 장난감을 가지고 이리저리 뛰고 구르며, 자기만의 세계를 열었다.

낯설 만큼 당당한 그 모습이 한편으론 부러웠다. 그때 고양이는 나에게 말없이 질문을 던지는 것만 같았다.

"그래서 걱정한다고 당장 뭐가 달라지는데? 그 시간에 그냥 좀 쉬면 안 돼? 아니면 이 장난감이라도 흔들어볼래?"

그 순간, 마음 한편에서 조용한 깨달음이 고개를 들었다.

언제부터인가 내가 통제할 수 없는 과거와 미래에 매달리느라 눈앞의 삶을 놓치고 있었던 건 아닐까. 바로 지금, 내 곁에 있는 것들을 진심으로 느껴본 적이 있었던가.

'고양이처럼, 지금 이 순간을 온전히 누리며 살아가는 것. 그것이 진짜 삶이 아닐까?'

고양이는 존재 자체로 내게 많은 것을 가르쳐준다. 내가 얼마나 이미 많은 것을 가지고 있었는지를.

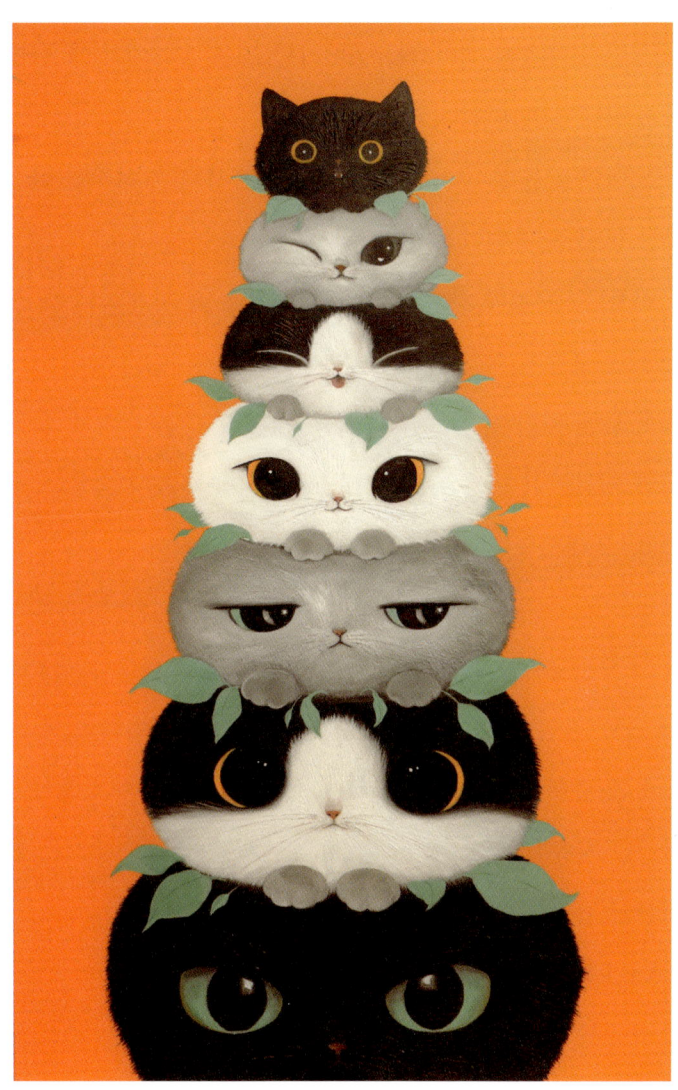

마트료시카2_72.7.7X116.8(cm) Acryic on canvas 2025

그렇게 마음의 실타래를 풀어가던 즈음, SNS에서 짧은 영상을 하나 보게 되었다.

노년의 삶을 살아가는 어느 인물이, 다시 젊은 하루를 살아보는 상상 속 장면이었다.

아무 통증 없이 가뿐히 일어나고, 거울 속 자신의 주름 없는 젊은 모습에 새삼 놀라는 순간들.

풍성한 머리칼을 쓸어 넘기고, 뻗은 다리를 힘차게 움직이며 거침없이 달리고, 소리가 잘 들리고, 마음껏 춤추는 장면들. 오래도록 기다리고 보고 싶었던 사람에게 메시지가 온 장면.

그 모든 모습이 먹먹하게 다가왔다. 어쩌면 너무나 당연해서 잊고 있었던, 지금 우리의 일상이 고스란히 거기 있었다. 익숙함 속에 무뎌졌던 하루하루가 사실은 얼마나 소중하고 찬란한 시간인지. 시간이 흐르고 나서야 비로소 알게 되는 평범함의 기적을 일깨워주었다.

내가 멀리서 찾고 있던 것들은 사실 아주 가까이에 있었다.

따뜻한 이불 속의 안락함, 창문 너머로 불어오는 봄바람,

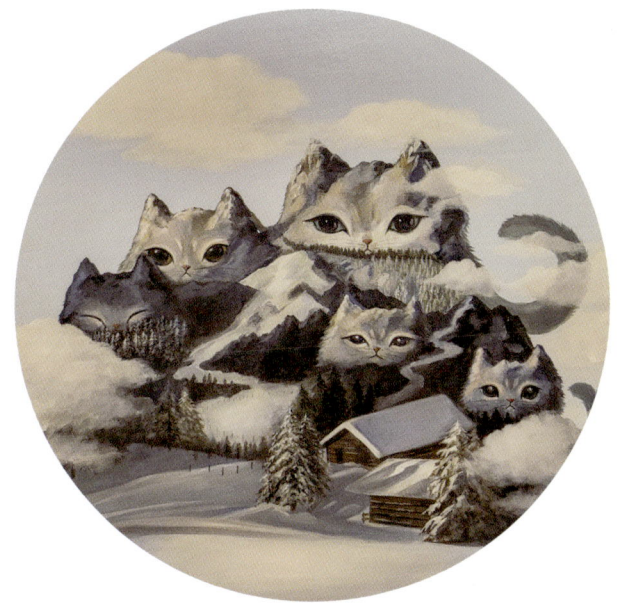

고양이 산맥2_80X80(cm) Acryic on canvas 2024

불쑥 전화해도 언제든 괜찮다고 말해줄 친구, 그리고 나를 지탱 해주는 건강한 몸.

나는 너무 멀리 있는 것을 좇다가 정작 내 곁에 있는 소중한 것들을 잊고 살았다.

생각을 덜어내자 마음이 조금 가벼워졌고, 그제야 숨이 제대로 쉬어졌다.

'거창할 것 없다. 나를 크게 고쳐 쓰려고 애쓰지 않아도 괜찮다.'

그런 마음으로 조금 느리게, 그러나 분명하게, '지금 이 순간'이라는 선물을 받아들이기로 했다.

고양이는 지금도 비가 내리는 창가에 앉아 가늘게 눈을 뜨고 있다. 그 표정엔 걱정도 후회도 없다. 그저 오늘로 충분하다는 듯 그에겐 고요한 평온만이 흐른다.

나는 그의 조용한 등을 바라보며, 오늘도 천천히 따라 배운다.

내 삶의 리듬을, '지금 이 순간'을 살아가는 법을.

치열하지만 여유로운 생존법

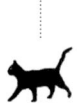

고양이는 매 순간이 마지막인 것처럼 산다.

그들의 움직임은 날카롭고 단호하며, 낮잠을 잘 때조차도 한쪽 귀는 세상의 기척을 향해 열려 있다. 겉으론 무심하고 나른한 듯 보여도, 그 안에는 긴장과 자유, 방심과 직관이 공존하는 생존 철학이 숨겨져 있다.

도심의 골목길, 버려진 공장 창고, 혹은 사람의 이목이 닿지 않는 틈 사이. 고양이는 그 어디에서든 자신의 삶을 발견한다. 먹을 것이 없으면 스스로 사냥하고, 잠잘 곳이 없으면 따뜻한 햇살 한 줄기 위에 몸을 웅크린다.

어떤 날은 손길을 다정히 허락하고, 어떤 날은 칼날처럼 등을 보이며 사라진다. 그들은 누구에게도 완전히 기대지 않으며, 동시에 자신을 완벽히 책임지는 생존자다.

고양이는 누군가를 부러워하지 않는다. 그들은 비교 대신 관찰하고, 원망 대신 대비한다.

그리고 기회가 왔을 때, 단 한 번의 점프로 그것을 움켜쥔다. 그 주저 없는 선택 앞에서 우리는 때때로 부끄러워진다. 우리는 늘 내일을 위해 오늘을 미루며 살아가니까.

하지만 고양이는 내일을 약속하지 않는다. 그들에게는 오늘의 이 한 끼, 하나의 숨, 한 걸음이 전부다. 그래서 더욱 강렬하고 아름답게 살아 있다.

'오늘이 마지막이라면, 나는 어떻게 살 것인가?'

예기치 못한 순간, 소중한 사람들이 하나둘 하늘나라로 떠나며 갑작스럽게 이별을 마주했던 그 시기에 스스로 던진 질문이었다.

그들을 다시 한번 더 만날 수 있다면 화를 내야 할지, 미안하다고 해야 할지, 그저 안아줘야 할지…. 수없이 생각해봤지만, 모두 허상일 뿐이었다.

아무것도 할 수 없는 현실이 원망스러웠고, 때로는 이유 없이 화가 났다. 결국엔 다시 슬퍼졌다. 후회는 너무 뒤늦게 찾아왔다.

만약 내가 오늘이 마지막이라면 오늘 가장 중요한 게 무엇일지 곰곰이 생각해봤다.

생각보다 중요하지 않은 것들에 나는 너무 많은 에너지를 쏟고 있었다.

좀 더 치열하게, 그러나 동시에 여유롭게. 좀 더 표현하고, 조금 더 양보하며, 좀 더 따뜻하게 살아야겠다는 생각이 들었다.

그리고 문득 깨달았다. 그 질문에 가장 정직하게 답하는 존재가 고양이라는 것을.

그들은 그날그날이 전쟁임을 알고 있다. 하지만 그날그날을 춤추듯 살아간다. 눈앞의 물방울 하나에도 온 집중을 쏟고, 햇살의 따뜻함에 고요히 감사하며, 한 줄기 바람에도 온

몸으로 반응하는 삶.

한 번뿐인 하루.

같은 날은 다시 오지 않는다. 작은 기쁨, 스치는 바람, 눈앞의 꽃 한 송이도 '지금 이 순간'이 지나면 다시는 돌아오지 않을 것이다.

고양이처럼, 오늘이라는 하루를 단 하나의 생처럼.

그렇게 살아보기로 한다.

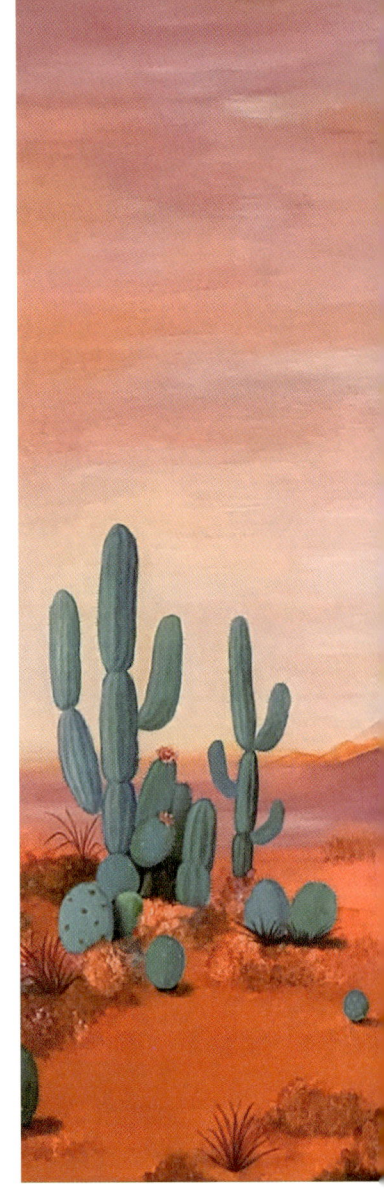

생존력2_117X91(cm) Acryic on canvas 2023 ···▸

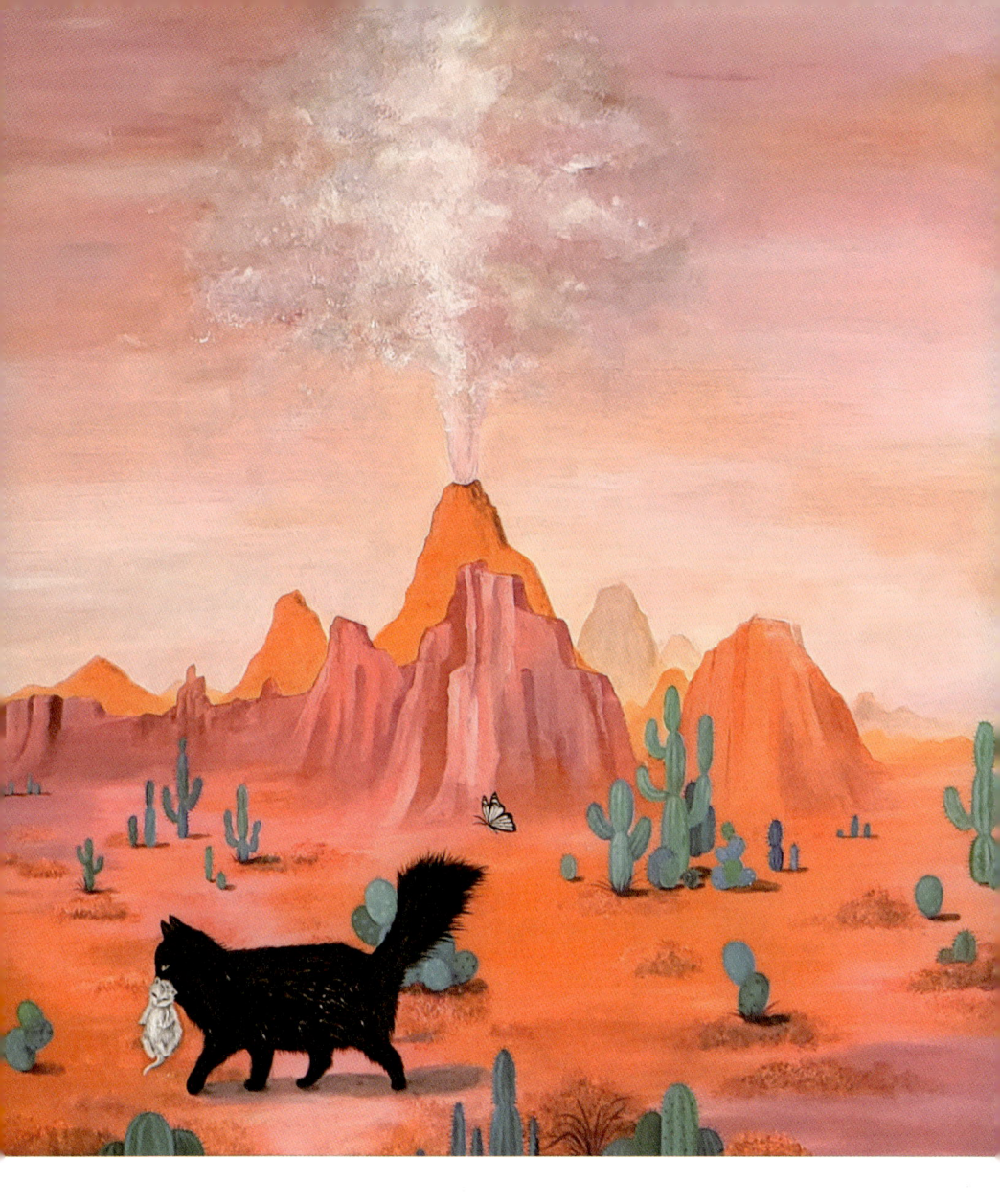

고민할 시간에 그냥 해

"아직 시간이 좀 남았으니까… 내일부터." 이런 말을 혹시 오늘도?

시험공부, 운동, 다이어트, 퇴사, 고백, 정리…. 미루기 1단은 내일, 2단은 다음에, 3단은… 그냥 안 함.

불안하고 자신 없을 때, 사람들은 그럴듯한 핑계를 잘 들이댄다.

"지금은 때가 아닌 것 같아."

"준비가 덜 됐어."

그런데 결국, 그것이 바로 자기합리화에 불과하다는 걸 뒤늦게 알게 된다.

"생각은 하고 있었어요… 하지만 아직 확신이 안 서서요."

그러다 결국 아무것도 선택하지 못해, 기회는 사라진다. 나 역시 그런 적이 많았다.

그럼, 잘 해낸 사람들은 어땠을까? 그냥 했다. 생각보다 실행이 먼저였다. 계획은 부족했어도 시도를 계속했고, 마침내 결과가 따라왔다. 그들은 "준비되면 하자"가 아니라 "하면서 준비하자"였다.

사냥감 앞에서 고민하는 고양이는 없다.

"저 물고기 지금 잡아야 하나? 아냐, 내일 아침 공복에 잡을까…"

그딴 거 없다. 그냥, 쫙— 내달린다.

우리 삶에도 그런 '지금 당장'이란 실행력이 필요하다. 너무 많은 선택 앞에서 우왕좌왕할 시간에, 그냥 한 가지를 골라보는 것.

메뉴 고르다 시간을 지체하던 일이 얼마나 많은가. 넷플릭

스에서 영화 고르다 지쳐 자버린 적도 있지 않은가. 선택은 빠르게, 후회는 짧게.

SNS를 봐도 비슷하다. 세상 사람들 너무 잘나 보인다. 평범한 일상도 빛나 보이고, 괜히 비교되고, 그래서 움츠러들고.

그럴 땐 질문을 바꿔보자.

"나도 저렇게 살아야 하나?"가 아니라 "지금 내가 할 수 있는 한 걸음은 무엇인가?"

고양이는 고민하기보다 자기 감각을 믿는다. 지금이 그냥 앉아 있을 때인지, 내달릴 때인지, 순간을 읽고 곧바로 움직인다. 그 안에는 단호한 판단력, 예리한 직감이 있다. 그것은 타고나는 게 아니라, 해본 자만이 얻는 감각이다.

그러니, 검열하듯 자신에게 너무 많이 묻지 말자.

"이게 맞는 걸까?"

"지금 시작해도 늦지 않았을까?"

그런 질문에 정답은 없다. 고민만 하다가는 아무것도 남지 않는다. 대신에 움직이는 순간, 우리는 어느새 정답 쪽으로

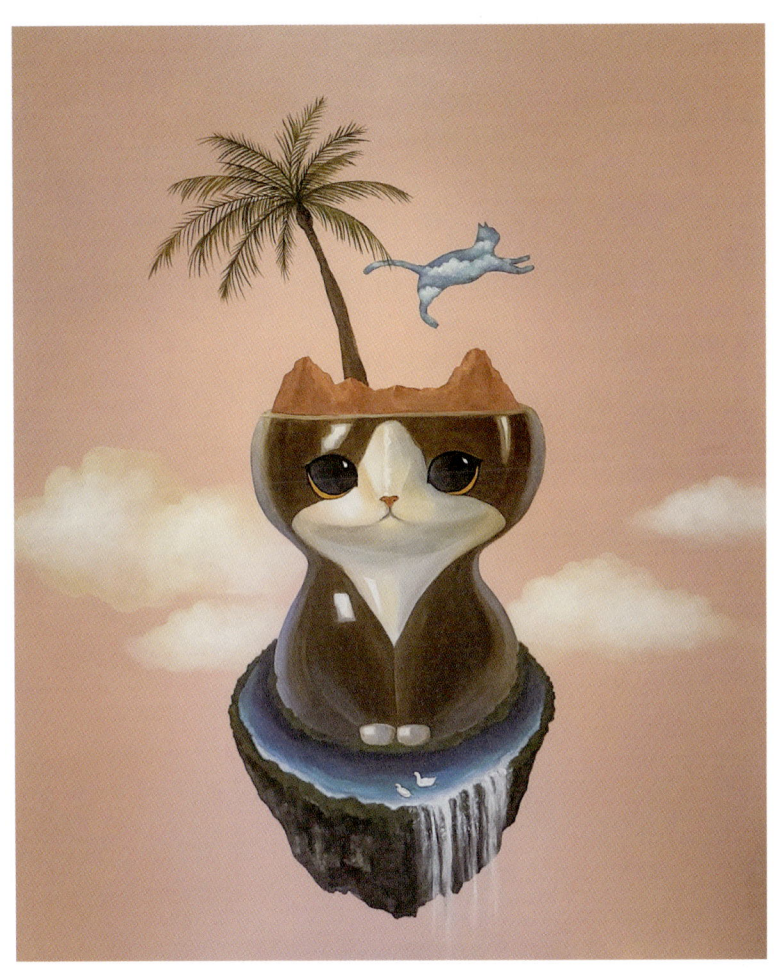

몽상가7_162X130(cm) Acryic on canvas 2024

조금 더 가까워져 있을 것이다.

고양이처럼 살아보자.

멋지게 실패하고, 조용히 다시 일어서고, 생각보다 먼저 행동하고, 때론 무심한 듯 단호하게 앞으로 나아가며.

누가 뭐라 하든, 지금 내 눈이 가는 대상을 향해 조용히, 그리고 정확히 움직이면 된다.

기회도, 타이밍도 지금 당장 움직이는 자의 편에 선다.

그래서 묻고 싶다.

"그거, 언제까지 미룰 건가요?"

고양이처럼 가볍게, 당당하게.

휙— 점프!

"Just do it."

삶을 바꾸는 시선

고양이는 높은 곳을 좋아한다. 세상을 여러 각도에서 바라본다. 책장 위, 냉장고 꼭대기, 장롱 위 어두운 구석. 사람의 손길이 잘 닿지 않는 곳에 올라앉아 세상을 조용히 두루 내려다본다.

고양이는 엿보기도 좋아한다. 구석에 몸을 숨기고, 커튼 뒤에서 눈을 빼꼼히 내민다.

표적에 당장 뛰어들지 않고, 약간의 거리를 두어 관찰한다. 그런 태도에는 조급함보다 여유가, 불안보다 계산된 확신이 서 있는 듯하다.

늘 비슷한 시점에서 비슷한 시선으로 가까이에서만 세상을 본다면 어찌 될까?

한 치 앞의 일도 못 가리거나, 감정에 빠져 구도를 잃고, 인생을 자기만의 화폭에 그릴 수 없을 것이다. 그러다 보면 시야는 좁아지고, 사소한 일에 휘청이고, 마음은 점점 바닥으로 가라앉을 수 있다.

스위스를 여행할 때였다. 정리되지 않은 복잡한 마음을 가득 안고 떠난 여행이었다.

알프스산맥 정상으로 올라가는 리프트에 올라탔는데, 높이 오를수록 그 아래로 보이는 비경이 끊김 없는 하나의 거대한 그림으로 펼쳐졌다. 풍경은 아름다운 선율로 물결쳤다. 마을이 있다는 걸 알지만, 사람마저 살고 있지 않을 것 같은 고요함이 벅차게 밀려왔다.

정상에 오르니 문득 엉뚱한 생각이 들었다.

"저렇게 그림 같은 집에도 각자 사연이 있겠지?"

점처럼 아주 작은 형상으로, 아득히 보이는 집들에도 나름

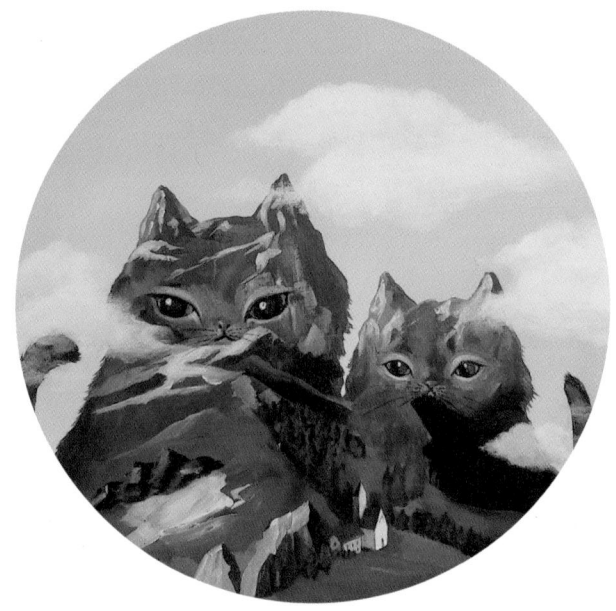

고양이 산맥3_30X30(cm) Acryic on canvas 2024

의 복잡한 사연이 있었을 것이다.

높은 곳에서 만상(萬象)을 보게 되니, 펼쳐진 비경처럼 인생도 아름답게만 느껴졌다. 높이 올라가 멀리 볼수록 골치 아팠던 고민도 별것 아닌 것이 되었다.

그렇듯이 고양이처럼 높이 올라가 무엇이든 넓은 시야에서 다른 각도로 바라보면 인생도 달라질 터다.

그렇게 했더니 복잡해 보이던 일들이 단순 명쾌하게 보이고, 절망처럼 느껴졌던 상황도 하나의 작은 에피소드에 지나지 않았다.

고양이의 시각은 늘 관찰자의 시선이다. 그는 감정에 휘둘리지 않고, 어떤 대상과 멀리 떨어져 전체의 관계를 살핀다. 그래서 실수에도 당황하지 않고, 미움도 금세 잊어버린다.

고양이들은 문제에 빠지기보다 문제 위에서 문제를 바라보는 태도를 택한다.

인생에서 중요한 건 무엇을 보느냐보다 어디서 어떻게 보느냐의 문제인 것 같다.

시각을 달리하고, 시선은 조금 더 멀리 두고, 시야를 넓혀

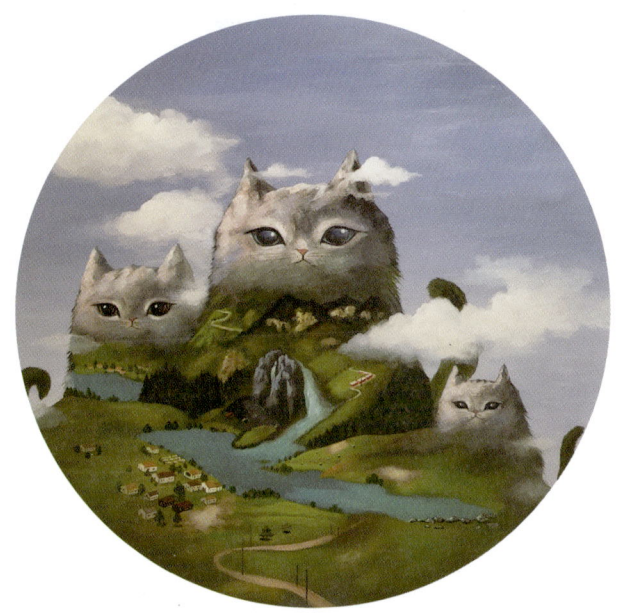

고양이 산맥1_80X80(cm) Acryic on canvas 2024

관점도 바꾸어 보면, 고난은 배움이 되기도 하고, 상처는 성장의 토대가 되기도 한다.

반대로 대상에 시선을 너무 가까이 들이대면, 작은 일에 매달려 인생 전체가 송두리째 흔들릴 수도 있다.

고양이는 나에게 말없이 가르친다.

"지금 겪는 일이 인생의 전부인 것처럼 느껴진다면, 더 높이 위로 올라가 봐. 다시 조금 멀리서 바라봐. 그럼 너는 너만의 중심을 다시 찾게 될 거야."

높은 곳에 올라 두루 살피는 고양이의 시선은 고요하지만 단단하다.

우리의 삶도 높은 위치에서 바라보면 전혀 다른 모습으로 떠오를 것이다.

그때의 다른 시선이 때로는 우리를 구원할지도 모른다.

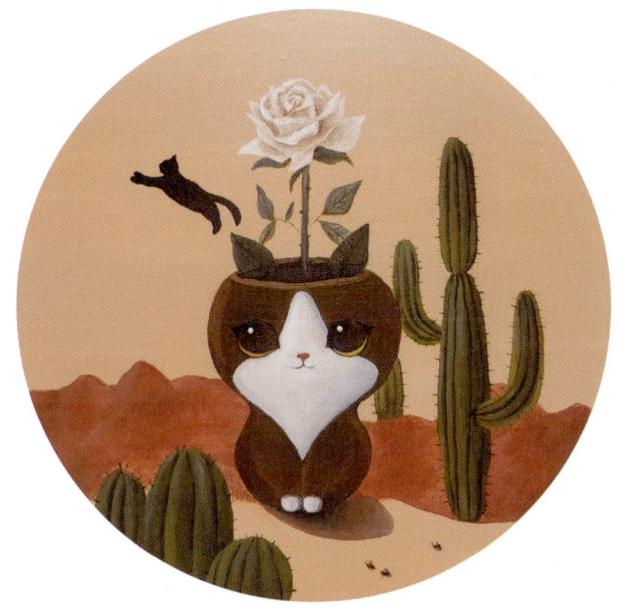

몽상가10_30X30(cm) Acryic on canvas 2024

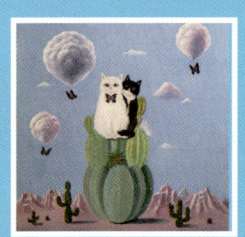

5장

마음의 여백,
거리 두기의
지혜

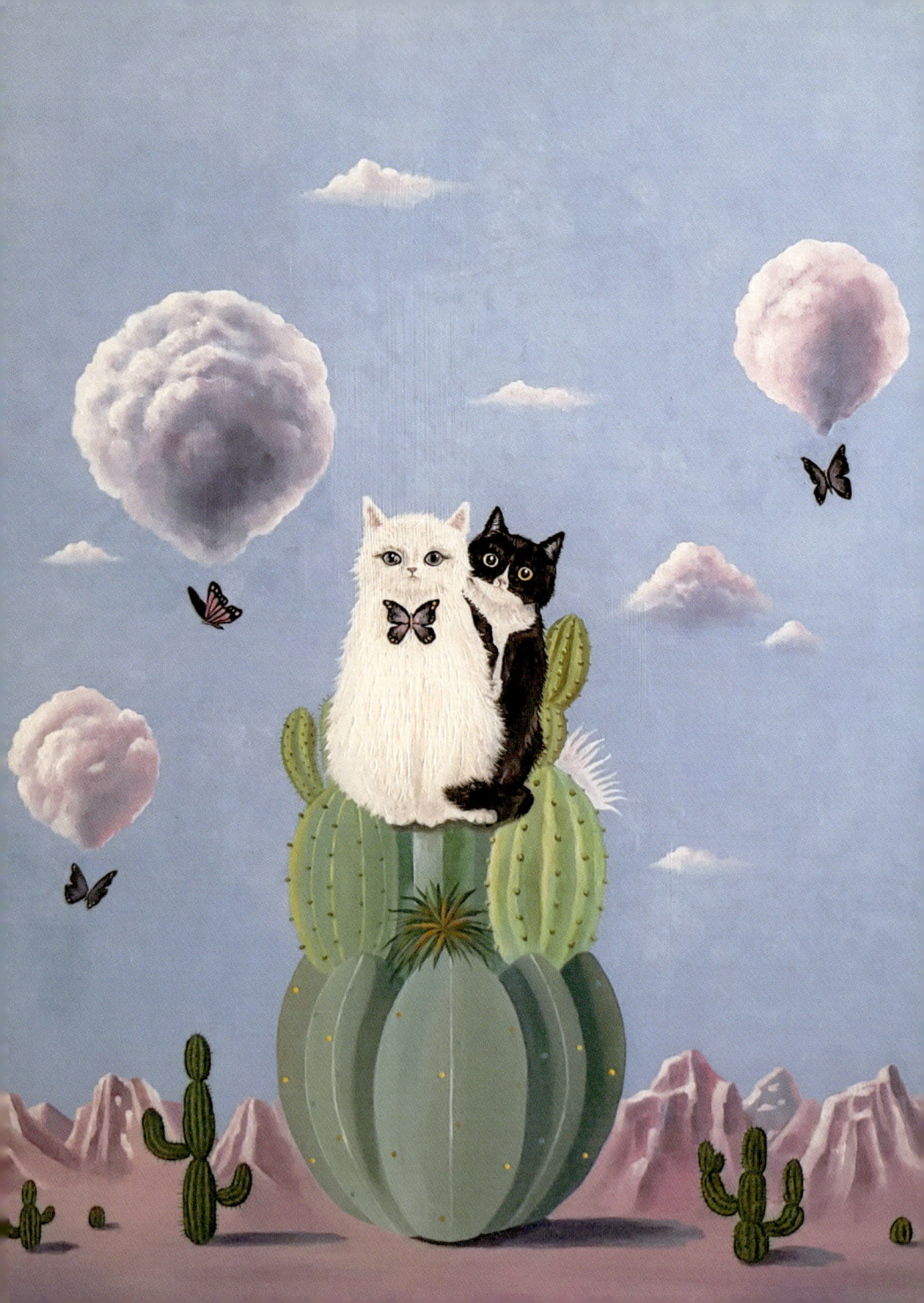

같은 자세로 바라본다는 것

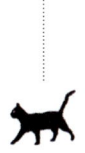

별것 아닌 말 한마디에 자존심이 상하고, 하루 종일 마음이 무거운 날이 있었다.

누군가에게 기대고 싶었다.

오랜만에 친구에게 전화를 걸어 속마음을 털어놓았다. 그런데 친구는 내 말을 끝까지 듣기도 전에 자기 이야기를 쏟아냈다.

← 몽상가1_80X102(cm) Acryic on canvas_2023

"나도 요즘 너무 힘들어. 너보다 더…."

친구는 자신의 관점에서만 내 상황을 판단했다. 불난 마음에 부채질하듯 한 친구와의 대화는 아무런 공감도 없었고, 나를 더욱 외롭게 만들었다.

"어휴! 속상하겠다."

나에게는 그저 그런 위로 한마디면 충분한 거였는데, 나의 상태를 같은 자세로 바라봐주기만 해도 좋았을 텐데 말이다.

그런데 그 순간, "그게 뭐가 힘들어? 그건 힘든 것도 아니야!" 하며 쉽게 말했던 예전의 내 모습이 스쳐 지나갔다.

내가 이해할 수 없는 감정은 쉽게 부정해 버렸다.

머리로는 이해했지만, 가슴까지 와닿지 않으면 힘든 게 아니라고 단정 지었다. 나의 잣대로 상대를 재단하며 무심코 상처 주었던 지난날의 내 모습이 떠오르면서 나를 돌아보게 됐다.

그때 그 사람에게는 그 고통과 고민이 삶의 전부였을지도 모른다. 내가 이해하지 못한다고 해서 상대방의 아픔을 섣불리 판단하고 가볍게 여겨선 안 되는 것이었다.

모른다고 외면하는 대신, 모른 채로도 마음을 내어주는 것이 진짜 이해라는 것을 나중에야 알게 되었다.

사람들은 자주 색안경을 쓴다. 말투 하나, 표정 하나에 의미를 덧씌우며, 의심과 기대 사이에서 타인을 해석하려 애쓴다.

그러다 보면 정작 상대의 진짜 얼굴은 보지 못한 채, 자신이 만들어낸 이미지와 듣고 싶은 언어로만 대화하게 된다. 나역시 그랬고 또 그런 사람들 틈에 이리저리 치여 땅끝까지 꺼지는 숨을 겨우 내쉴 때, 내게 위로가 되어준 존재가 바로 고양이다.

고양이는 아무 조언도, 분석도, 해답도 내주지 않는다. 감정을 강요하지 않고 판단하지도 않는다. 그저 조용히 다가와 곁에 앉는다. 가만히 옆에 앉아 침묵이란 언어로 말할 뿐이다.

그의 눈동자엔 의심도, 연민도, 과잉 감정도 없다. 그저 '당신이 거기 있구나'라는 사실 하나만을 바라볼 뿐이다. 위로의 말 한마디 없어도, 타인의 감정을 평가하지 않고, 고치려 들지 않고, 그저 그 사람 곁에 있어 주는 것. 그것만으로도 내겐 큰 위로가 된다.

고양이와 눈을 마주한 순간, 문득 나에게 묻는다.

나는 지금, 나 자신을, 내 앞의 사람을, 세상을 얼마나 편견 없이 바라보고 있는가.

고양이의 조용한 눈빛 속에서 나는 가장 따뜻한 위로를 배운다. 같은 자세로 있는 그대로 바라본다는 것, 그것이 가장 깊고 진한 사랑의 시작이란 것을.

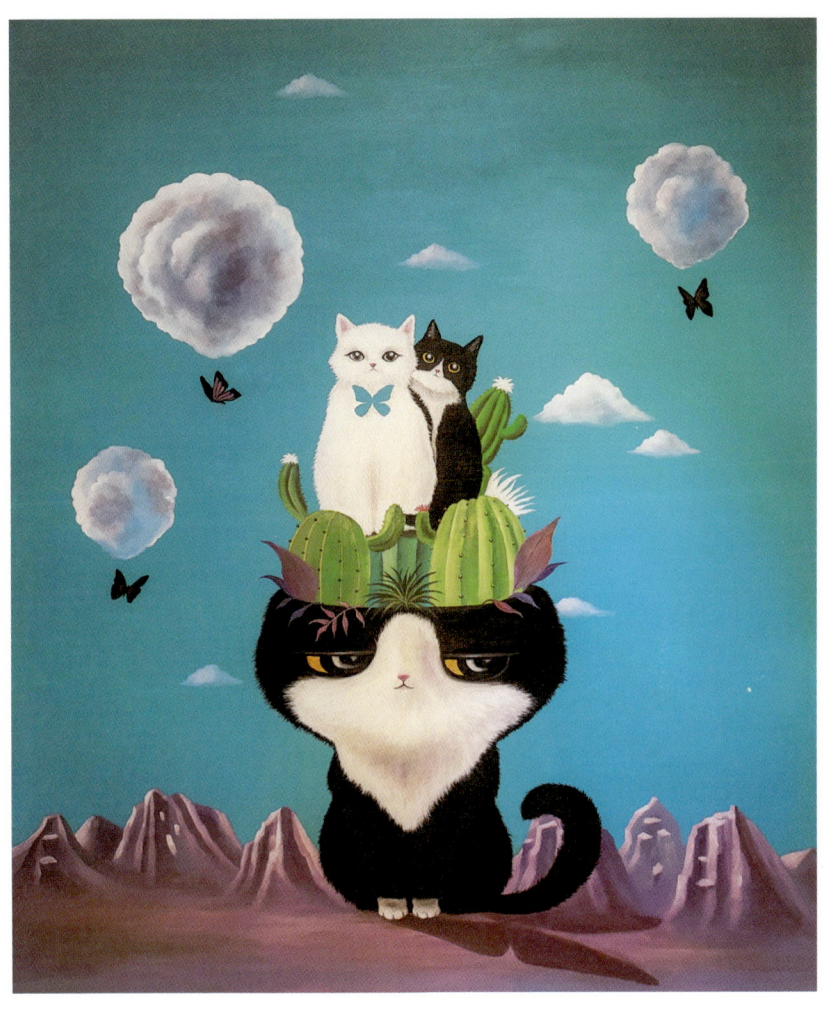

몽상가6_162X130(cm) Acryic on canvas 2024

감정, 은밀한 관계의 몸짓

　감정은 꼭 날씨 같다. 예고 없이 찾아오는 천둥처럼 평온하던 마음에 화를 부르고, 서서히 스며드는 안개처럼 하루를 잠식하기도 한다.

　감정이 파도처럼 밀려오면 휩싸일 수밖에 없지만, 그것은 없앨 수도 없고, 그것에서 달아날 수도 없다. 기쁨도, 슬픔도, 분노도, 두려움도 모두 빛을 따라다니는 그림자처럼 늘 우리 곁에 존재한다.

　그러니 혹독한 감정이라 하여 그것을 억지로 배제하기보

다는 그 감정의 본질을 명확히 바라보고, 그 흐름을 읽고 다스리는 일이 더 현명한 길이다.

고통스러운 감정들, 두려움과 분노에 맞닥뜨렸을 때 결코 뒷걸음질 치지 않는 것, 감정에 인질처럼 붙잡히지 않는 것, 감정에 휘둘리기보다 그것을 인정하고 한 발짝 물러나 바라보는 태도에서 자기감정과의 관계를 새로이 시작할 수 있다.

감정은 결국 나와의 은밀한 관계를 부르는 몸짓이다.

고양이를 떠올려본다. 놀라면 몸을 움츠리지만, 곧 조용히 숨을 고른다. 싫은 일에는 등을 돌리되, 적당한 거리에서 조용히 상황을 지켜본다.

화를 억누르거나 난폭하게 분출하지도 않는다. 냥냥펀치와 눈빛으로 먼저 경고를 날린 후, 그저 감정을 있는 그대로 통과시키고는 다시 본래의 평온 상태로 돌아간다.

어쩌면 감정을 다스리는 첫걸음은 느낀 감정에 이름을 붙여 조용히 불러주는 데 있는지도 모른다.

마음속에 분노가 끓어오를 때, "나 지금 상처받았구나" 하며 나에게 말해보는 것.

서운함에 눈물이 맺힐 때, "나 지금 사랑받고 싶구나" 하며 나에게 고백해보는 것.

그렇게 감정의 본질을 들여다보면, 그 끝에는 언제나 '나'라는 존재가 있다. 그 존재를 다정하게 안아주는 것. 그것이 진짜 감정 다스림의 시작이다.

감정을 다스린다는 것은 그것을 억지로 잠재우는 기술이 아니라, 내면에서 울려오는 신호를 섬세하게 듣고, 그 안에서 나를 지킬 균형을 찾아가는 일이다.

상대방의 감정을 읽는 일도 마찬가지다.

"이렇게 성의 없이 할 거예요?"라는 말에는 '조금만 더 신경 써주세요'라는 부탁이 숨어 있다.

"미안하면 다야?"라는 말은 '지금 내가 많이 상처받았어요'라는 마음이 담겨 있다.

표면적인 말만 듣고 바로 반응하면 서로 칼끝을 맞대어 상처만 주고받는 싸움이 되지만, 감정의 본질을 이해할 수 있다면 날카로운 칼날조차 스펀지처럼 흡수해낼 수 있다.

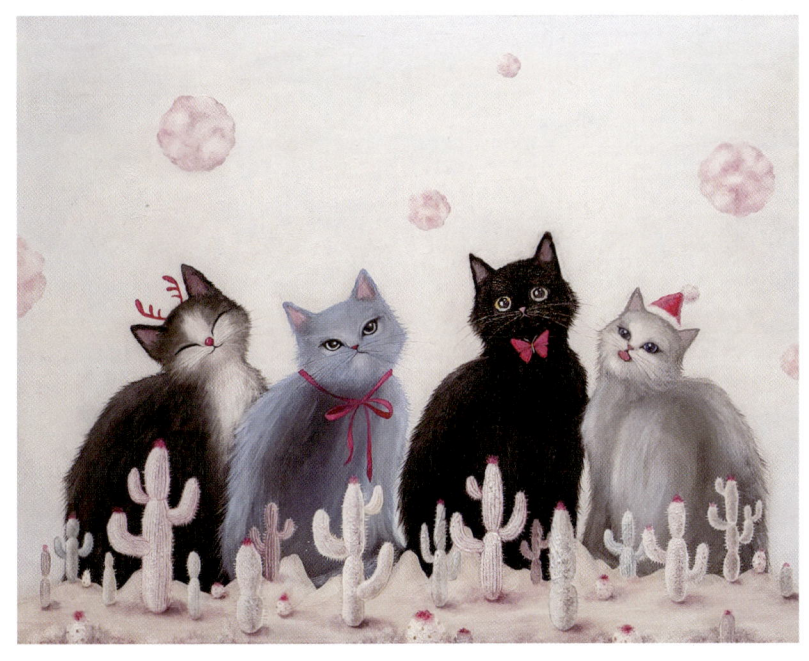

희로애락1_100X80.3(cm) Acryic on canvas 2023

감정을 다스린 고요한 마음의 중심에서, 비로소 진짜 '나'다운 삶이 시작된다.

감정은 지나가고, '나'는 남는다.

부드러운 단호함

고양이가 거절하는 태도는 부드러운 듯 단호하다.

고양이는 언제나 자신의 상태와 기분을 우선으로 생각하며 '좋다'와 '싫다'를 명확하게 드러내는 존재다.

그 단호함이 때로는 고고하게 보이고, 때로는 너무나 매력적이다.

우리는 살아가며 수많은 선택 앞에 선다. 모임에 갈 것인가, 말 것인가. 관계를 유지할 것인가, 거리를 둘 것인가. 원치 않는 부탁을 들어줄 것인가, 정중히 거절할 것인가.

'YES'는 관계를 만들고, 'NO'는 경계를 세운다.

이 둘에 대한 분별지는 우리의 삶을 건강하게 지키는 중요한 열쇠가 된다.

하지만 우리는 종종 상대의 기대를 저버릴까 봐 두려워서, 혹은 못된 사람처럼 인식될 것 같은 걱정에 스스로 희생하며 'YES'를 반복하기도 한다.

그러다 보면 어느 순간, 나의 소중한 시간은 남의 것으로 들어차고, 내 마음은 이해받지 못한 채 지쳐간다. 타인과 사회의 기대에 맞추어 살다 보면, 어느새 내가 무엇을 원하는지조차 흐릿해진다.

친한 친구 중 거절을 잘 못 하는 친구가 있다.

그 친구는 거절이 인생 최대의 고민이었다.

상대가 상처받을까 봐 미안해서 결국 자신이 힘들어지는 상황을 반복했다.

어떻게 거절해야 할지 막막하고 어려워했다.

물론 "싫은데요?"라고 차갑게 거절하면 상대방이 상처받을 것이다.

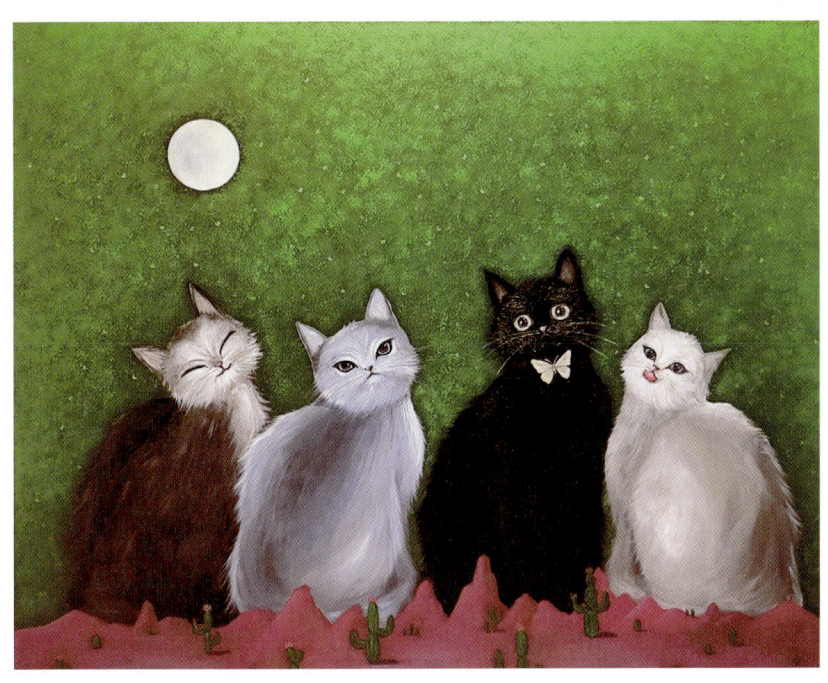

희로애락2_100X80.3(cm) Acryic on canvas 2023

하지만 "마음은 있지만, 지금 제 여건상 이번에는 함께하기가 어려울 것 같아요"라고 정중히 진심을 전한다면 상대도 충분히 이해할 수 있을 것이다.

우리도 내키지 않으면 굳이 타협하지 않는 고양이처럼 살아보자.

고양이는 'NO'라고 말할 때 미안해하지 않는다.

자신의 감정을 숨기지 않고, 필요 이상으로 설명하지도 않는다. 거절의 메시지를 눈빛 하나, 몸짓 하나로 명확히 표현한다.

신기하게도, 사람들은 그런 고양이의 태도를 이기적이라며 탓하지 않고, 오히려 더 존중한다.

왜 그럴까?

태도의 단호함에는 자신에 대한 신뢰가 확실하기 때문이다. 자신이 무엇을 원하는지, 어디까지 받아들일 수 있는지를 분명히 아는 사람에게선 자연스러운 힘이 느껴진다.

많은 경우, 사회생활은 '좋은 게 좋은 거지'라는 암묵적 동의 속에 돌아간다.

그러나 태도의 단호함을 잃고 'YES'로 응대하는 것에 익숙해지면, 진짜 소중한 관계와 시간은 점점 사라지고 만다.

거절의 태도를 부드럽고 단호하게 잘한다는 것은 단순히 부탁을 뿌리치는 기술이 아니라, 내가 무엇에 시간을 쓰고, 누구에게 마음을 쓰며, 무엇을 지켜야 하는지를 아는 삶의 태도다.

고양이처럼 사는 사람은 무례하지 않다. 그들은 단지 자신이 감당할 수 없는 것에 쉽게 'YES'를 하지 않을 뿐이다. 그런 태도 안에는 자기 존중, 감정의 경계, 시간에 대한 책임감이 깃들어 있다.

'YES'는 따뜻하게, 'NO'는 정중하게.

그러나 모두 진심이어야 한다.

고양이처럼 눈빛 하나로도 마음을 전할 수 있다면, 말 한마디에도 진심과 분별을 담을 수 있다면 우리는 더 단단한 관계를 만들 수 있다.

단호함은 차가움이 아니라 명확함이다.

그리고 그 명확함은 나를 지키고, 내 삶을 더욱 자유롭게 만든다.

거절은 이기심이 아니라 순수한 자기보호이다.

때로는 빠르고 단호한 거절의 태도가 오히려 상대방의 시간과 요청의 무게도 존중해주는 결과를 낳는다.

오늘도 고양이처럼, 나에게 솔직하게 말해보자.

이건 정말 'YES'일까? 아니면 'NO'라고 말해야 할 순간일까?

왜 거리 두기가 필요할까?

고양이는 관계의 고수다.

고양이는 다가올 듯 말 듯, 혹은 밀어낼 듯하면서도 다정하다. 외면하는 듯해도 우리의 가장 가까운 곳에 머문다.

고양이는 언제나 자기중심을 잃지 않으면서 상대의 마음을 요령 있게 흔드는 '관계의 고수'다.

고양이는 한 번에 모든 것을 내주지 않는다. 서로 가까워지기까지 충분한 시간이 필요하다.

자신이 원하는 만큼만 다가가고, 다시 거리가 필요할 때는 우아하게 물러선다.

품 안에서 애교를 부리다가도 이내 휙 돌아서는 그 매정함이 오히려 더 큰 애정을 만들어낸다.

먼저 달려들지 않지만, 상대가 등을 돌리면 슬쩍 몸을 비비고, 눈을 마주친다.

밀어낼 틈도 주지 않고 스르르 들어오는 그 한 걸음, 그것이 고양이가 맺는 관계의 움직임이다. 그래서 함께 있는 시간이 소중하다.

이런 태도는 인간관계에서도 중요한 지혜가 된다.

우리는 종종 관계에서 너무 많은 것을 내어주고, 혹은 지나치게 기대한다.

상대와의 적당한 거리를 재지 못해 너무 가까이 다가갔다가 실망과 상처만 안고 돌아서기도 한다.

가족, 연인, 친구처럼 가까운 사이일수록 편하다는 이유로 오히려 무례해지는 경우도 있다.

관계는 적절한 거리에서부터 시작되지만, 그 거리를 지키지 못해 틀어지는 일도 많다.

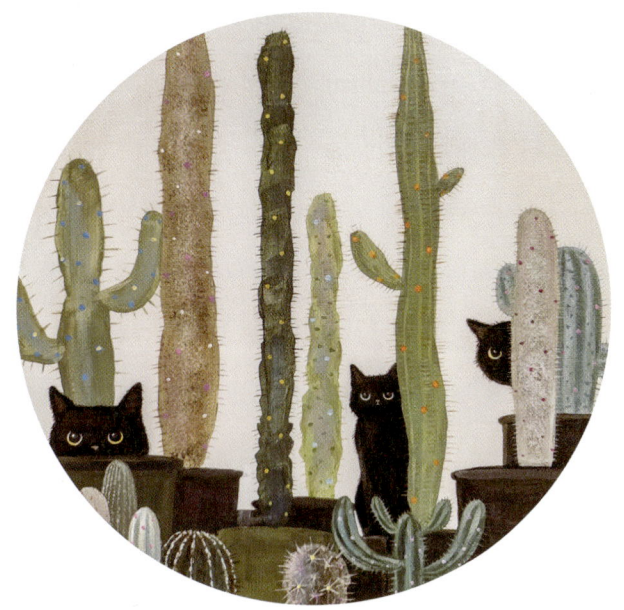

선인장 고양이1_30X30(cm) Acryic on canvas 2023

하지만 고양이는 관계의 균형이 무엇인지 알고 있다.

고양이는 무엇에든 적당한 거리를 유지할 줄 안다. 그렇다고 해서 외로움을 타는 것도 아니다.

누군가에게 너무 기대거나 집착하지 않고, 적당한 거리에서도 서로의 존재를 존중해주는 것.

억지로 상대의 기분에 맞추려 애쓰지 않고, 너무 가까이 다가가려 애쓰기보다 자연스럽게 관계의 감정이 흐르도록 놓아두는 것.

필요할 때는 사랑을 나누고, 때로는 혼자만의 시간을 누리는 것.

그들은 애초에 절대 조급해하지 않는다.

고양이는 타인의 시선보다 자신의 감정에 더 집중한다.

'지금 내가 다가가고 싶은가?'

그 질문 하나만으로 움직인다.

그런 자기 신뢰와 진심이 때로는 어떤 말보다 깊은 교감을 일으킨다.

우리는 알고 있다. 그들이 쉽게 마음을 열지 않는다는 것

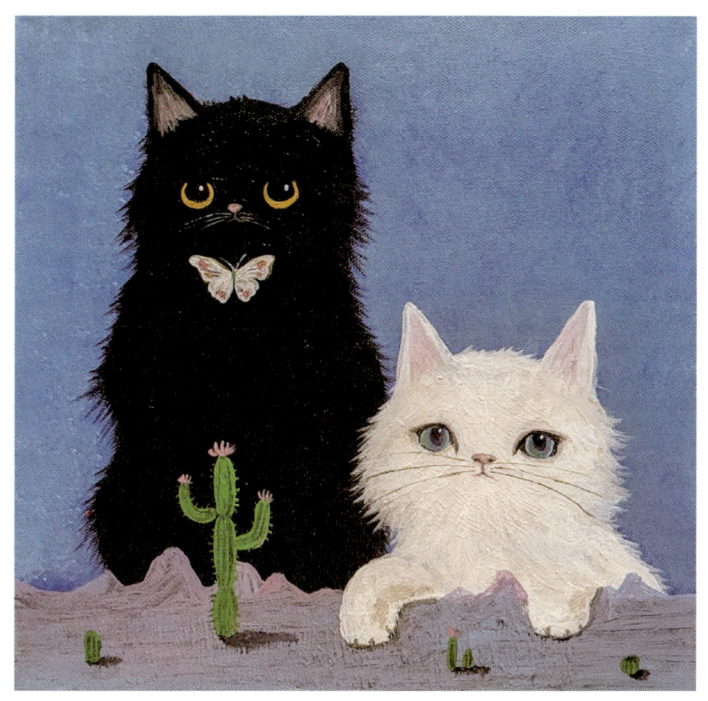

사막과 고양이3_30X30(cm) Acryic on canvas 2023

을. 그러니 한 번 다가와 눈을 마주쳐준 그 순간이 얼마나 특별한지를.

사람 사이의 관계도 그와 같다.

무조건적 헌신이나 끊임없는 밀착이 관계를 강화하는 것도 아니다. 때로는 침묵이, 때로는 약간의 거리가 오히려 더 깊은 유대를 만든다.

고양이에게서 배운다.

고양이의 일정한 거리 유지 본능.

좋은 관계는 거리 조절에서 시작된다.

좋은 관계는 조금 떨어져 있어도, 자기만의 공간에 머물러 있어도 마음이 이어져 있다는 신뢰로 충분하다.

그것은 보이지 않는 호흡과도 같다.

그 적당한 거리와 끌림의 리듬을 아는 사람만이 상대를 지치지 않게 하고, 그의 곁에 오래 머물 수 있다.

비움으로 채워지는 풍요로움

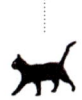

어느 날 고양이에게 선물해 줄 예쁜 소파를 준비했다. 가격이 꽤 나갔고 디자인도 마음에 들었다.

"이건 분명히 마음에 들어 할 거야."

그렇게 설레는 마음으로 소파가 도착하기만을 기다렸다. 택배 상자가 도착하자마자 얼른 포장을 풀고 거실 한가운데에 자랑스럽게 소파를 놓았다.

고양이가 그곳에 누워 편안히 낮잠 자는 모습을 상상하니 절로 흐뭇해졌다.

그런데 웬걸 고양이는 소파엔 관심조차 주지 않은 채, 느닷없이 소파가 담겨 있던 택배 상자 안으로 쏙 들어가 버렸다. 나는 당황했다. 간식을 들고 와 유혹해보고, 좋아하는 장난감도 흔들어 봤다.

하지만 고양이는 상자 안에서 꿈쩍도 하지 않았다. 결국, 그 소파는 단 한 번도 사용 못 하고, 고양이의 천덕꾸러기로, 값비싼 장식품으로 전락했다.

처음엔 살짝 허탈했다. 하지만 이내 그 상자 안에서 편안하게 몸을 말고, 곤히 잠이 든 고양이를 보자 피식 웃음이 났다.

고양이는 값비싼 소파가 아니라 단순하고 아늑한 상자 하나만으로도 충분히 만족했고, 더없이 행복해 보였다.

비닐봉지 하나, 종이상자 하나. 고양이에게 세상은 이미 재미있고, 쉴 곳은 어디든 존재한다. 무언가를 더 가지려 애쓰지 않고, 그 작은 공간에서 온전히 만족해하는 모습. 참 순수하고 귀여우면서 어쩐지 부러웠다.

어린 시절엔 나도 그랬다. 지폐 한 장보다 그저 과자 한 봉지에 눈이 더 반짝였고, 장난감 하나에 함박웃음이 터지던 시

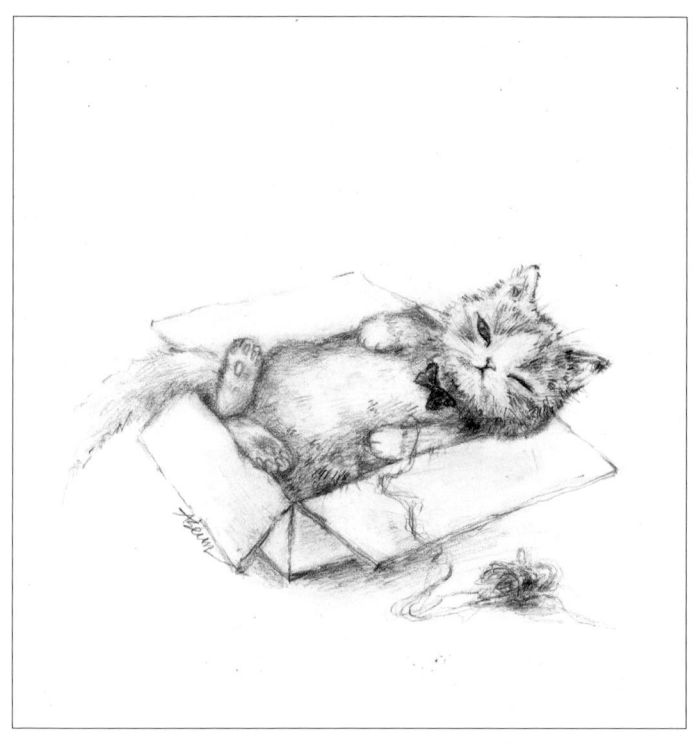

나만 없어 고양이10_Pencil on paper 2025

절이 있었다.

하지만 성년이 되어 비교와 평가의 사회를 살아가면서 우리는 점점 더 많은 것을 가져야 한다고 믿게 된다.

돈이 가치를 결정하고, 보이는 것이 진짜라고 생각하며 쉴 새 없이 무언가를 채우려 애쓴다. 내가 고양이에게 선물한 값비싼 소파도 그렇다.

"나는 욕심이 많지 않아" 하면서도 막상 손해 보는 상황 앞에서는 뒷걸음질 치곤 한다. 그러는 사이, 정말 소중했던 것들은 어느새 손가락 사이로 흘러내리듯 사라져버리곤 한다.

어쩌면 삶은 아주 긴 듯 짧은 여행이다. 여정에는 가득 안고 가야 할 것도 있겠지만, 때로는 내려놓고 가야 할 짐이 있다. 그러니 여정의 무게를 덜수록 발걸음은 경쾌해지고 마음은 한결 가뿐해질 것이다.

무소유란 아무것도 갖지 않는 것이 아니라, 고양이에게처럼 불필요한 것을 갖지 않는 태도일 것이다.

비움으로 다시 채워지는 순간을, 그 조용하고도 깊은 충만함을 오늘도 작은 상자 안에서 눈을 반짝이며 만족해하는 고

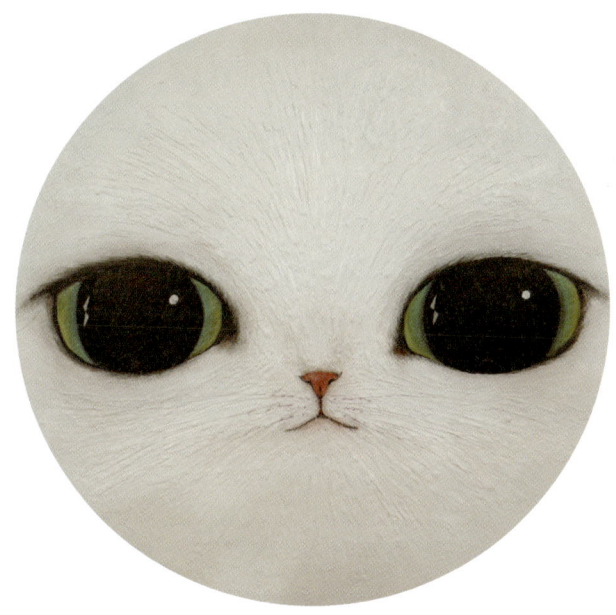

페르소나2_30X30(cm) Acryic on canvas 2025

양이 표정에서 배운다.

아무것도 가지지 않아도, 모든 것을 가진 듯한 고양이 눈빛에서 진짜 풍요가 무엇인지 다시 생각하게 된다.

물처럼 흐르는 삶

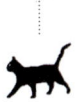

사람은 누구나 다르다. 생김새도, 생각도, 자라온 환경도, 심지어 주어진 운명조차도.

나도 예전엔 그렇게 생각했다.

남들처럼 안정적인 직장을 갖고, 적당한 시기에 결혼하고, 어른들이 말하는 괜찮은 삶을 살아갈 줄 알았다.

그래서 애써 그 길을 따라가려 했다. 원하지 않는 일에도 괜찮은 척하고, 안정이라는 이름 아래 나를 억지로 끼워 맞췄다.

하지만 이상하게도 계획대로 되지 않았다. 하는 일들은 계속 꼬여만 갔고, 잡힐 듯했던 인연도 손가락 사이로 빠져나갔다.

삶은 마치 내게 고개를 젓는 듯 내가 향하는 방향을 슬며시 밀어냈다.

처음엔 애써 더 붙잡았고, 억지로 방향을 바꾸려 했지만 갈수록 몸도 마음도 고장 나는 기분이었다.

그러다 어느 순간, 흘러가는 대로 가보자는 생각이 들었다.

그렇게 마음을 조금 내려놓자 오랫동안 막혀있던 물길이 뚫린 듯 삶이 다시 흐르기 시작했다.

물처럼 살아간다는 건 형태 없는 자유이자, 멈추지 않는 유연함이다.

누군가에게 '물처럼 산다'는 것은 단란한 가정을 이루는 일일 수도 있고, 어떤 이에게는 퇴사 후 제주로 떠나 작은 카페를 여는 일일 수도 있다.

어떤 이에게는 혼자 오롯이 살아가는 평온함일 수도 있고,

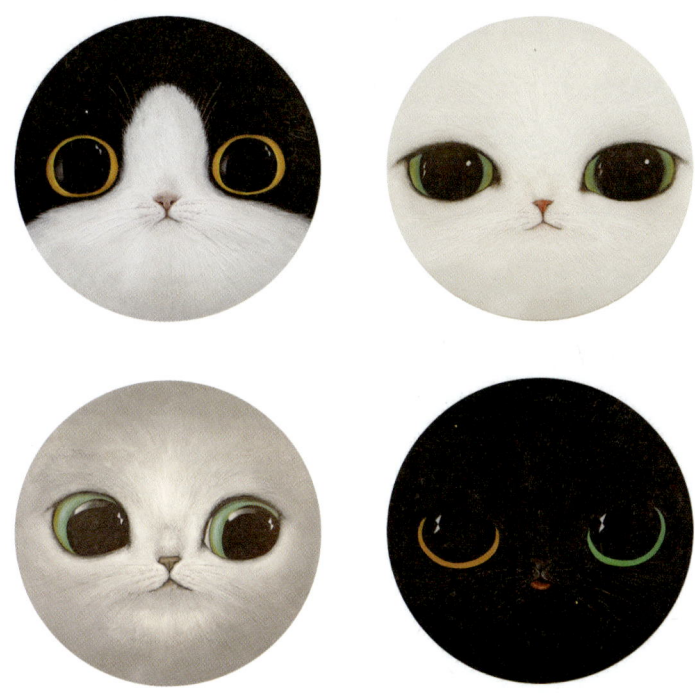

페르소나 시리즈

누군가에겐 가진 걸 모두 정리하고 산속으로 들어가는 삶일 수도 있다.

삶의 모양은 각자 다르다.

중요한 건, 나만의 삶의 흐름은 누구도 대신할 수 없다는 것.

물처럼 산다는 건 단순히 유순히 산다는 의미가 아니다. 바위를 만나면 돌아가고, 담을 만나면 스며들고, 길이 없으면 스스로 바닥을 깎아 흐름을 만드는 일이다.

고집은 꺾는 것이 아니라, 끝까지 흘러가겠다는 다짐이다.

형태는 바뀌어도 본질은 잃지 않는 것. 어떤 그릇에 담기든 흐르는 성질은 그대로인 것. 그것이 바로 물의 힘이다.

고양이를 보다 보면, 문득 그런 물이 떠오른다.

겉으론 나른하고 느릿해 보여도 그 안엔 예민한 감각과 유연한 기민함이 공존한다.

고양이는 억지로 뭔가를 밀어붙이지 않는다. 기분이 내키지 않으면 조용히 자리를 피해 가고, 방해가 될 듯싶으면 부딪히기보다 유유히 돌아선다.

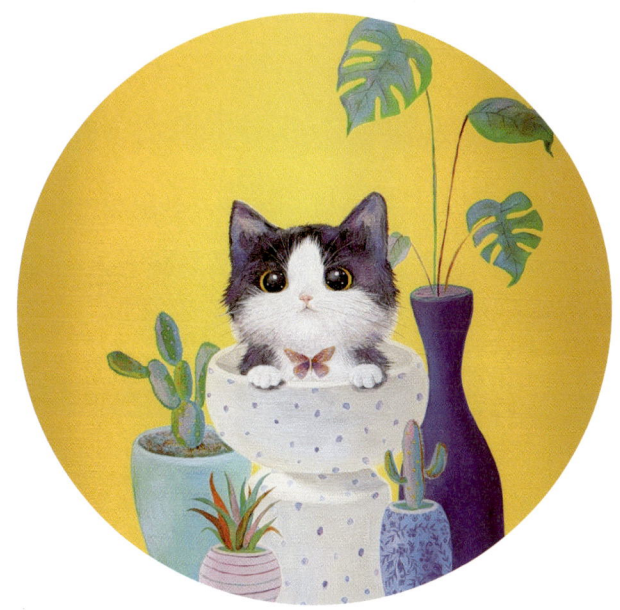

화분과 고양이2_40X40(cm) Acryic on canvas 2023

어떤 상황에서도 금세 적응하지만, 그 안에서 결코 자신을 잃지 않는다.

누군가 다가오면 경계를 세우고, 원할 땐 망설임 없이 품으로 파고든다.

상황에 맞춰 움직이되 중심은 언제나 자신에게 있다.

누군가의 기대에 맞춰 살면 어느새 자신을 잃어버리기도 하고, 자신의 기준에 사로잡혀 삶의 흐름을 스스로 막기도 한다.

계속 채우려고만 하다가 그 무게에 눌려 흐름의 방향을 잃기도 한다. 계속 채우기보다 비워낼 때 큰 흐름이 다시 시작된다는 걸 우리는 너무 자주 잊는다.

고양이처럼, 물처럼 산다는 건 조용하지만 단단한 자기 확신을 지니는 일이다.

그때 우리는 소란을 피우지 않아도 충분히 단호할 수 있고, 겉보기엔 느슨해 보여도 중심은 흐트러지지 않는다.

고집 대신 유연함으로, 조급함 대신 인내로, 욕심 대신 비움으로, 세상의 속도에 휘둘리지 않고 나만의 리듬으로 살아가는 것. 그것이 바로 물처럼 살아가는 삶이다.

그리고 그 흐름의 끝에서, 마침내 가장 낮은 곳에서, 우리는 가장 깊은 삶의 의미를 조용히 만나게 된다.

운이 강해지는 당신

'운', 혹은 '운명'이라는 것이 정말 존재할까?

어떤 이는 태어나는 순간부터 따뜻한 품에서 삶을 시작하고, 어떤 이는 차가운 길바닥에서 삶을 시작한다. 고양이도 그렇다.

누군가는 반짝이는 털과 예쁜 눈망울로 집사의 품에 안겨 '품종묘'로 살아가고, 또 누군가는 태어난 그 순간부터 거리 위에서 홀로 살아남아야 한다.

그래서 생각하게 된다. 운명은 정해진 것일까? 바꿀 수 없는 걸까?

하지만 운명은 처음 정해진 시작일 뿐이고, '운'은 삶의 태도에 달려 있는지도 모른다.

'운(運)'의 運자는 辶(쉬엄쉬엄 갈 착)자와 軍(군사 군)자가 결합한 모습이다. 한자어로 군대가 가는 것을 뜻한다. 군대가 이동할 때는 약속된 시간에 정해진 목적지에 도달해야 한다. 그러니 '운'은 이루고자 하는 목적을 예정대로 달성하는 힘이다.

'운'은 좋고 나쁨이 없어 그것은 전적으로 삶의 태도에 달려 있다. 분명한 것은 오늘 나의 마음이 바뀌면 나의 행동이 바뀌고, 과거와 미래가 동시에 바뀐다는 사실이다.

살다 보면 꼭 그런 사람이 있다. 뭘 해도 잘 풀릴 것 같은 사람. 유재석이 그렇다.

그는 탁월한 MC지만, 왠지 모르게 어떤 일을 맡아도 잘될 것 같은 기운이 느껴진다.

물론 그 안에는 오랜 무명 시절과 혹독한 환경을 견뎌내며 보이지 않는 곳에서 부단히 쌓아 올린 내공이 있다.

그러니 성공한 유재석에게 유독 '운이 좋았다'라는 말보다는, 그가 쌓아 올린 삶의 태도로 인해 그는 '운이 강하다'라는 말이 더 부합할 것이다.

예전에 여러 직업을 겸하고 있는 한 작가의 작업실을 방문했다.

그는 원래 다른 분야에서 더 유명한 사람이었기에 처음엔 그림 작업이 '당연히 취미겠지' 하는 선입견이 있었다.

그런데 그의 작업실엔 그림이 빼곡했고, 모든 벽과 책장, 물감의 얼룩, 배치 하나까지 그 사람만의 취향과 땀의 흔적이 깊이 배어 있었다.

자신이 선택한 일에 진심인 그의 집요한 자세에서 나는 숙연해졌다. 이 사람은 어떤 일을 해도 잘되지 않을 수 없는 사람이라는 확신이 들었다. 그도 '운'이 강한 사람이다.

길고양이의 삶은 험난하다.

하지만 그 안에서도 살아남고, 사랑받고, 입양되어 새로운 삶을 시작하는 이들이 있다.

반면에, 인기를 한몸에 받고 태어난 품종묘가 사람의 변덕

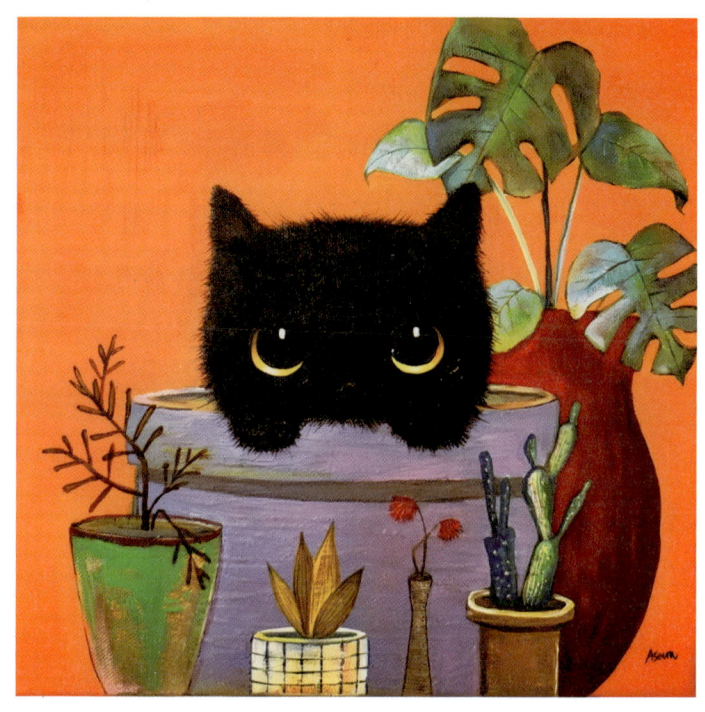

화분과 고양이1_30X30(cm) Acryic on canvas 2023

에 의해 버려지는 일도 있다.

그러고 보면, 운명은 처음 정해진 처지와 출발선이 사람마다 잠시 다를 뿐이다. 진짜 중요한 건 출발선 이후, 내가 어떤 태도로 내 삶을 움직이느냐이다.

'운'은 번쩍 나타나는 단순한 재수가 아니다. '운'은 우연의 결과가 아니라, 내가 선택하고 축적해온 삶의 자세에서 비롯된다. '운'은 목적을 이루고자 하는 의지에 달려 있다.

고양이는 억지로 뭔가를 얻으려 하지 않는다.

하지만 자신이 뭔가를 필요로 하는 순간에는 놀랄 만큼 용감하다. 다가설 땐 과감히 다가서고, 거리를 두고 싶을 땐 미련 없이 물러선다.

고양이의 행동에는 본능을 넘어서는, '운'을 부르고 이루려는 태도가 숨어 있다.

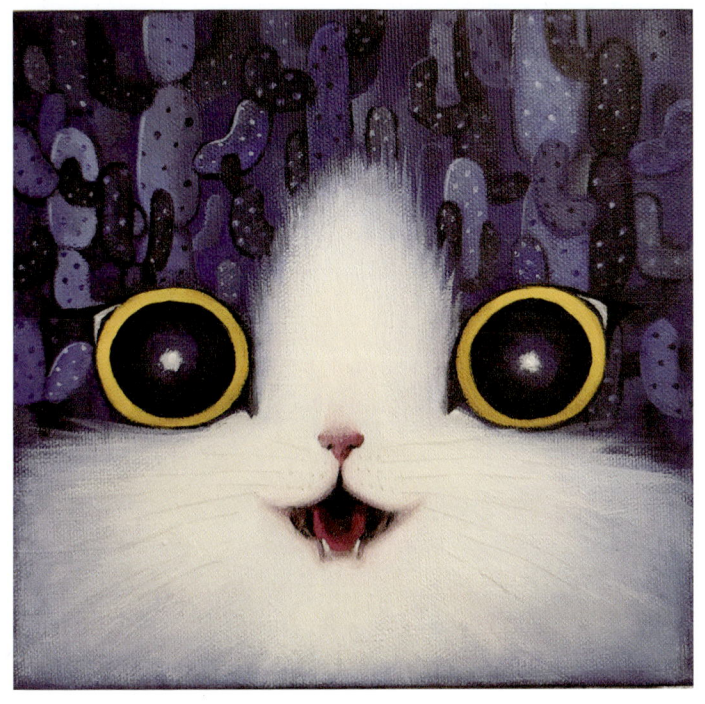

선인장 고양이11_18X18(cm) Acryic on canvas 2024

고양이처럼 운이 강해지는 삶의 자세

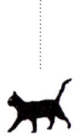

1. 함부로 인연 맺지 않기

길고양이는 아무에게나 다가가지 않는다. 오랜 시간 지켜보고 신중히 마음을 연다.

운이 강한 사람들도 그렇다. 많은 인맥보다 진심으로 연결된 인연을 귀하게 여긴다. 그런 관계가 결국 더 나은 삶으로 연결된다.

2. 부단한 움직임, 환경을 바꾸는 힘

고양이는 불편한 곳에 오래 머물지 않는다.

위험을 감지하면 재빨리 자리를 옮기고, 더 나은 공간을 찾아 움직인다.

우리 역시 지금의 공간이 불편하다면 그것 탓만 하지 말고, 스스로 새로운 에너지의 흐름을 만들어야 한다.

'운'은 가만히 기다리는 이가 아니라, 움직이는 이의 편이다.

3. 좋은 시기도, 나쁜 시기도 결국은 흐른다

해가 지고 다시 뜨듯, 겨울이 지나면 봄이 오듯, '운'의 흐름도 머물러 있지 않다.

지금이 아무리 힘들어도, 결국은 지나간다.

그러니 너무 들뜨지도, 절망하지도 말자.

우리는 그 안에서 조금씩 자라난다.

4. 주변도, 몸도 정갈하게 환기하기

고양이는 하루에도 몇 번씩 스스로 정돈한다. 씻기지 않아도 될 만큼 깔끔한 존재다.

주변이 흐트러져 있다면 가볍게 정리해보자. 몸과 마음이 깨끗이 정돈되면, 새로운 좋은 기운이 들어설 자리가 생긴다.

5. 경청, 겸손, 나눔은 운을 끌어당긴다

잘 풀린 사람들의 공통점은 가만히 듣고, 자주 웃으며, 좋은 말을 건네고, 아낌없이 배려하며 나눈다는 것이다.

고양이는 쉽게 마음을 열지 않지만, 한 번 신뢰한 이에게는 깊은 애정을 보인다.

그런 고요하고 진실된 교감 속에서 강한 '운'이 피어난다.

♡ ♡ ♡

성공에는 '운'이 따라줘야 할지도 모른다.

하지만 행복은 선택의 문제다.

어떤 시선과 관점으로 세상을 바라보고, 어떤 태도로 말하고, 어떤 감정을 품느냐에 따라 삶의 분위기는 언제든 바뀌고, 그 안에서 '운'의 방향과 흐름도 조금씩 달라진다.

길 위의 고양이도 어느 날 누군가의 품에 안기듯, 우리도

'지금 여기'에서 자신을 단단히 다듬으며 한 발자국 내딛다 보면, 그 길 끝에서 작지만 깊은 기쁨이라는, 내가 만든 '운'을 만나게 될 것이다.

그러니 조급해하지 말고 조용히 나만의 리듬으로 기운 있게 걸어가 보자.

'운'은 멀리 있지 않다.

이미 당신 안에서 흐르고 있다.

고양이처럼 자유롭고 행복하게 산다는 것

어느 수업 시간, 교수님이 이렇게 물으셨다. "원숭이 엉덩이는 빨개~ 빨가면 뭐죠?"

아마 사람들 대부분이 "사과!"라고 대답했을 것이다.

우리는 어릴 적부터 같은 방식으로 배우고, 익숙한 틀 안에서 생각하며 살아간다. 그러다 보면 알게 모르게 '정답'이라 믿는 기준에 갇히고, 사람들의 기대나 스스로 세운 잣대에 눌려 자신의 진짜 마음은 점점 작아진다. 나답게 산다는 감각도 서서히 희미해진다.

하지만 고양이는 틀에 맞추려 하지 않는다.

한 게시판에서 본 질문이 떠오른다.

"고양이를 길들이는 방법이 있을까요?"

그에 대한 답은 간결했다.

"불가능합니다. 사랑만 주세요."

고양이는 눈치 보지 않고 자기만의 리듬대로 하루를 살아
간다.

고양이는 말없이 가르쳐준다.

행복은 누군가의 인정이 아니라, 내가 나를 온전히 받아들
이는 데 있다는 것.

자유는 모든 걸 내려놓는 게 아니라, 있는 그대로의 나를
받아들이는 데 있다는 것.

그래서 나도 고양이처럼 살고 싶다.

애써 웃지 않아도 좋고, 지나간 일에 오래 머물지 않으며, 오지 않은 내일에 불필요한 걱정을 더하지 않는 삶.

마음이 머무는 곳에 조용히 머물고, 닿지 않는 자리에서는 자연스럽게 물러나는 삶.

혹시 지금 불행하다고 생각된다면, 불행이 클수록 분명 아무 일도 일어나지 않은 오늘의 고요함이 더 크게 감사해지는 날이 올 것이다.

행복은 때때로 아무 일도 일어나지 않는 하루의 고요 속에서, 고양이처럼 소리 없이 다가온다.

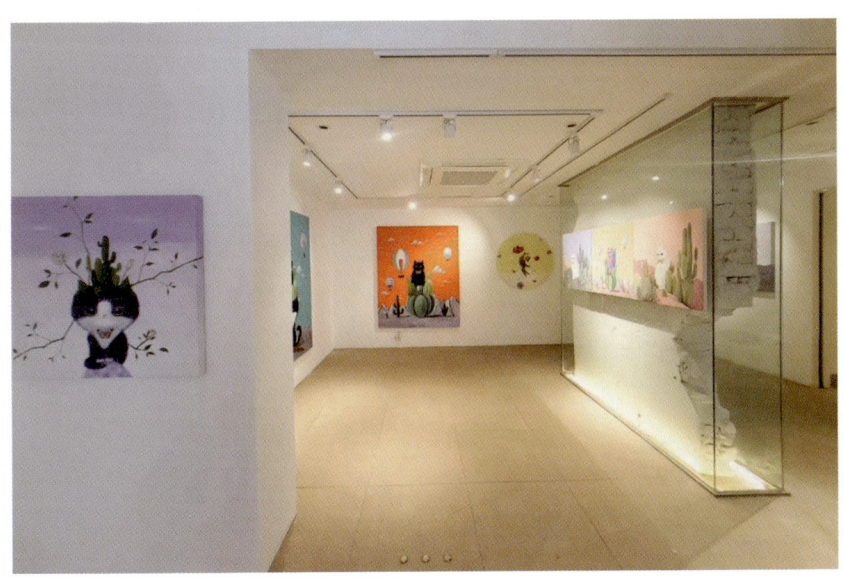

부록

아세움 작가
인터뷰

-《ART EFFECT》2025년 8월호

1 아세움 작가님의 예술 여정은 어떻게 시작되었으며, 어떤 경험이나
영감이 지금의 작품 세계를 형성하는 데 가장 큰 영향을 미쳤습니까?

어린 시절부터 늘 시각이라는 틀 안에서 조용히 관찰하고 사유
하는 버릇이 있었습니다. 감각은 예민한데 말로는 설명되지 않
는 복잡하고 다면적인 감정의 언어를 저장하고 해석할 그릇이
필요했습니다. 불균형한 풍경들, 결핍과 갈망, 소외감과 삶의
균열 속에서 마음에 삼킨 축적된 감정들이 색과 형태로 자연스
럽게 흘러나왔습니다.

가장 고단했던 시기에 찾아온 고양이는 일정한 거리를 둔 채 다
정한 위로를 건네주었고, 침묵으로 수많은 영감을 주었습니다.
끊임없이 저 자신을 되묻게 만들던 고양이를 떠나보내면서 붙
잡아두고 싶은 내면의 감정을 고양이로 투영시켜 그림으로 담
기 시작했습니다. 그렇게 마음의 회복 기간을 거치면서 작품 세
계가 형성되었고 지금까지 이어지고 있습니다.

2 작품을 구상하고 완성하기까지 창작 과정이 궁금합니다. 특별히 중요하게 생각하는 단계나 자신만의 루틴이 있으신가요?

제게 창작은 명시적 사고라기보다는, 오히려 잠복된 감정과 사유의 발효 과정에 가깝습니다.

감정이 아직 날 것일 때는 일부러 거리를 둡니다. 시간을 들여 하나의 개념이나 단어, 혹은 파편적인 이미지가 천천히 마음속에 가라앉기를 기다립니다.

그 이미지들이 내면에서 자연스럽게 구조화되는 순간이 옵니다. 이성보다는 감각이 먼저 반응하는 시점이죠. 그때에서야 조용히 캔버스를 펼칩니다. 그림은 그리겠다는 의지보다, 그리지 않으면 안 될 상태에서 시작됩니다.

작업에서 가장 중요하게 여기는 단계는 초벌 레이어와 색의 구조를 짓는 과정입니다.

특히 고양이의 털 결을 표현할 때는 거칠지만 섬세한 감각을 담아내려 노력합니다.

색채는 다채롭되 결코 들뜨지 않도록 눌러 앉힌 온도를 유지합니다. 그 색이 마음 깊은 곳을 건드릴 만큼, 기분 좋게 울컥하는 정서적 밀도를 갖길 바랍니다.

저만의 루틴 중 특별히 중요하게 생각하는 루틴은, 작업을 시작하기 전 잠시 아무 생각 없이 앉아 마음을 비우는 시간을 갖는 것입니다. 짧은 명상처럼, 그 시간은 내면의 잡음을 잠재우고 감정이 조용히 깨어나는 공간이 됩니다. 그 후에야 비로소 저는 온전히 그림 속에 들어갈 수 있습니다.

3   아세움 작가님의 작품에서 반복적으로 나타나는 주제나 소재가 있다면, 그것이 작가님께 어떤 의미를 가지는지, 그리고 왜 그 주제를 탐구하시는지 설명 부탁드립니다.

제 작업에 반복적으로 등장하는 고양이는 단순한 동물이 아니라, 인간의 내면을 투사한 존재이자 조용히 비추는 감정의 거울입니다. 겉으로는 고요하지만, 그 속에 무수한 결들이 교차하는 심리적 풍경의 형상입니다. 저는 고양이라는 존재를 통해, 불완전한 현대인의 감정 구조와 내면의 균열을 시각적으로 반영하고자 합니다.

뾰족한 선인장은 외롭고 아프지만, 자신을 지키는 자의 형상이 되기도 하고, 구름은 고정되지 않은 감정을 가진 기후처럼 유동적이고 예측 불가능한 정서 상태를 상징합니다.

나비는 부서질 듯 연약한 존재이지만, 그 안에는 언제나 변화의 용기와 자유의 갈망이 담겨 있습니다.

사막은 한편으론 공허하고 삭막하지만, 역설적으로 이상향에 대한 상상과 희망을 품고 있는 공간입니다. 저에게는 늘 결핍과 가능성이 동시에 존재하는 풍경으로 다가옵니다.

특히 최근 작업 중인 마트료시카와 페르소나 시리즈는 한 존재 안에 숨어 있는 수많은 얼굴과 층위를 이야기합니다. 우리는 자주 보이는 것이 전부인 시대를 살아가지만, 이면에 가라앉은 숨은 감정의 지층을 고양이라는 존재를 빌려 조심스럽게 드러내고자 탐구하고 있습니다.

4 각 작품에 담긴 이야기나 감정, 혹은 작가님께서 의도하신 메시지는 무엇입니까? 컬렉터들이 작품을 감상하며 어떤 느낌이나 생각을 공유하길 바라십니까?

저의 작품은 의미를 전달하려는 것이 아니라, 감정의 잔여를 붙잡기 위한 시도입니다. 즉, 무언가를 설명하기 위한 것이 아니라, 설명되지 못한 채 남겨진 것들의 자리. 작품을 보는 사람들이 제 이야기를 읽어내기보다는, 그들의 이야기를 불러내는 통로가 되길 바랍니다.

어떤 분은 제가 여행에서 받은 영감의 장소를 하늘 위의 세계로 해석하셨고, 아이들은 날고 싶은 고양이로 해석하기도 하고, 제가 생각지 못한 전혀 다른 의미로 위로를 받은 분도 계셨습니다.

제가 지향하는 것은 감정을 밀어 넣기보다 오히려 오답과 망설임이 머물 수 있는 이미지, 그리고 그 안에서 잠시 잊혀진 자기 마음을 들여다볼 수 있는 감상입니다.

사람들이 힘들 때 직접적으로 위로받고 싶진 않잖아요. 그냥 옆에 아무 말 없이 앉아 있는 사람이 더 위로될 때가 많죠. 저는 제 그림이 그런 존재이길 바랍니다.

고양이처럼 말을 걸진 않지만, 옆에 가만히 있어 주는 느낌. 그림 앞에 잠시 앉아 숨을 고를 수 있으면, 그게 제가 바라는 최선입니다.

5 작품의 제목은 어떻게 정해지나요? 제목이 작품의 감상에 어떤 역할을 한다고 생각하십니까?

저는 제목을 작업의 가장 마지막 순간, 작품과의 조용한 대화가 마무리되는 지점에서 정합니다. 그것은 단순한 이름이 아니라, 하나의 언어적 열쇠이자 감각의 방향을 제시하는 장치처럼 작용합니다.

때로는 제목을 통해 의도적으로 의미의 안개를 만들기도 합니다. 명확한 해답을 주기보다, 하나의 단어 혹은 문장이 감상자 내면의 무언가를 건드릴 수 있다면 그 자체로 충분한 역할을 한다고 생각합니다.

제목은 감상자에게 정해진 방향을 강요하지 않습니다. 오히려 작품을 둘러싼 사유의 벡터, 또는 감상자의 시선이 흘러가는 첫 번째 여백이 되길 바랍니다.

가끔은 제목이 작품보다 더 앞서 말을 걸고, 또 어떤 경우엔 작품이 침묵을 택할 때 제목이 대신 균형을 맞추는 '시소'가 되기도 합니다.

감상자는 그 제목을 통해 작품 안으로 천천히 들어올 수도 있고, 전혀 다른 감정의 문을 열어 자기만의 해석과 정서를 이어 붙일 수도 있을 것입니다.

6 특정 색상이나 재료, 기법을 자주 사용하시는 이유가 있습니까? 이러한 요소들이 작품의 분위기나 의미 전달에 어떻게 기여한다고 보십니까?

저는 색상에도 내밀한 감정이 들어 있다고 생각합니다. 그래서 언제나 '온도를 지닌 색'을 찾습니다. 감정이 곧바로 언어로 옮겨지지 않듯, 색 역시 단순한 원색보다, 겹겹이 섞이고 누적된 색층 속에서 진심의 결이 드러난다고 생각합니다.

예를 들어 핑크 위에 회색을 겹쳐 칠하면, 표면은 부드럽고 따뜻하지만, 그 안에는 설명되지 않는 불안과 여운이 조용히 스며들어 잠재된 감정의 깊이가 형성됩니다. 마치 환하게 웃고 있는 얼굴 속, 말 없는 생각의 층을 바라보는 느낌과도 닮아있습니다.

색은 그날의 감정, 작업실의 햇살, 고양이의 눈빛에 따라서 달라지기도 하지만, 밝되 가볍지 않은 색을 찾으려고 합니다. 무게 없는 위로는 금세 흩어지듯, 긍정의 정서 역시 일정한 깊이와 농도를 동반해야 비로소 진심에 닿는다고 믿습니다.

주로 사용하는 재료와 기법은 아크릴을 여러 겹 덧칠하고, 긁어내고, 다시 덮는 과정을 수차례 반복합니다. 화면 위엔 감정이 퇴적되듯 물리적 흔적이 쌓여갑니다. 그 층위는 단순한 질감이 아니라, 보이지 않는 시간의 밀도를 담아내는 시각적 언어가 됩니다.

그렇게 완성된 표면은 한 겹의 감정이 아닌, 여러 날의 침묵과 생각이 묻어 있는 감정이 맺히고 지나간 자국으로 남은 한 겹의 풍경이 됩니다.

7   작가님의 작품이 변화하고 발전해온 과정에 대해 이야기해주실 수 있나요? 앞으로 시도하거나 탐구하고 싶은 새로운 방향이 있다면 무엇입니까?

처음에는 나비를 중심 모티프로 삼았습니다. 자유의 상징처럼 보였지만, 시간이 지날수록 그 이미지는 오히려 감정을 고정된 형태 안에 가두는 구조로 작동하기 시작했습니다. 작업은 점차 '표현'이 아닌 '연출'에 가까워졌고, 감정은 점차 이탈해 있었습니다.
고양이를 그리기 시작하면서 변화가 일어났습니다. 감정은 다시 작동했고, 색은 보다 내밀한 층위에서 반응하기 시작했습니다. 초기에는 직설적이고 본능적인 감정의 표출에 집중했다면, 요즘은 좀 더 구조적이고 상징적인 방식으로 접근하고 있습니다.

최근에는 광주비엔날레 전시장 외벽의 미디어 파사드 작업을 통해 시간성과 공간성을 탐구하는 확장된 형식을 실험 중입니다.

이는 정지된 평면의 한계를 넘어서기 위한 시도이며, 이미지 안의 움직임, 시간의 흐름, 감정의 잔향 같은 것들을 더 정교하게 담아내기 위한 단계이기도 합니다.

앞으로는 입체적 서사와 시간적 밀도를 내포한 작업으로 나아가고자 합니다.

고요하지만 응축된 감정, 움직임이 없는 듯 움직이는 장면, 2D 평면 안에서 담기 어려운 정서적 깊이와 공간의 여운을 새로운 매체 언어로도 풀어낼 수 있기를 기대하고 있습니다.

8 컬렉터들이 작가님의 작품을 소장하는 것은 어떤 의미가 있다고 생각하십니까? 컬렉터분들에게 전하고 싶은 말씀이 있으신가요?

작품을 소장한다는 것은 삶의 한 장면에 그 이미지를 초대하는 일입니다. 저의 그림은 그 사람의 방에 걸릴 수도 있고, 마음 한 구석에 머물 수도 있겠지요.

그림은 걸려 있는 공간에서 새로운 삶을 살고, 그곳에서 또 다른 이야기를 써 내려갑니다.

컬렉터들에게 전하고 싶은 말이 있다면, "이 그림은 당신의 감정을 따라가면서 변화할 것입니다. 어떤 날엔 말을 걸고, 어떤 날엔 그냥 조용히 곁에 있어 줄 거예요. 꼭 고양이처럼요."

9 작가님에게 '예술'이란 무엇입니까? 그리고 앞으로 어떤 예술가로 기억되고 싶으신가요?

예술은 저에게 경계 위에 놓인 감정의 언어입니다. 말로는 닿을 수 없는 것들을 붙잡기 위해 저는 형태를 빌리고, 색을 발화시킵니다.

그것은 말하지 못한 마음, 스스로 삼킨 감정들을 그대로 묻어두는 동시에 언젠가 누군가에게 조용히 건넬 수 있게 하는 감정의 통로이자 기억의 창이기도 합니다.

직선처럼 말하지 않고 돌아서 보여주지만, 그 우회는 때로 어떤 말보다도 더 솔직하고 투명합니다. 그림은 말을 삼킨 이들의 마음에 아주 작은 틈을 내주는 방식으로 존재합니다.

저는 기억되는 예술가보다 한 장면이 말을 걸고, 말이 사라진 자리에 오래 마음에 남는 그림의 언어로 남고 싶습니다.

나만 없어 고양이
무심한 위로가 필요한 당신에게

초판 1쇄 인쇄 2025년 07월 28일
초판 1쇄 발행 2025년 08월 05일

글 · 그림 아세움(박교은)
펴낸곳 굿모닝미디어
펴낸이 이병훈

출판등록 1999년 9월 1일 등록번호 제10-1819호
주소 서울시 마포구 동교로50길 8, 201호
전화 02) 3141-8609
팩스 02) 6442-6185
전자우편 goodmanpb@naver.com

ISBN 978-89-89874-56-0 03810